EL RAPTO DE DANIEL EVANS

RAÚL GARBANTES

Redes sociales del autor:

amazon.com/author/raulgarbantes
goodreads.com/raulgarbantes
instagram.com/raulgarbantes
facebook.com/autorraulgarbantes

Obtén una copia digital GRATIS de *Los desaparecidos* y mantente informado sobre futuras publicaciones de Raúl Garbantes. Suscríbete en este enlace: https://raulgarbantes.com/losdesaparecidos

PRÓLOGO

VANCOUVER, Canadá

La belleza de Vancouver suele estar ensombrecida por la delincuencia de los bajos fondos. Siempre hay un rincón oscuro en donde hombres siniestros tratan de salirse con la suya. Desde el tráfico de drogas y armas hasta sujetos que promueven pornografía infantil o trata de personas, esta ciudad ha albergado a todos los monstruos. Los más desprotegidos son conscientes de que la seguridad es un privilegio costoso. Entretanto, la gente de la ciudad generalmente disfruta de una vida informal y despreocupada en el seno de comunidades ricas y acomodadas hasta que el destino les hace una jugarreta. Solo entonces los titulares de los periódicos o las noticias de última hora por televisión les recuerdan que en Vancouver no se debe bajar la guardia. Esta ciudad lo ha visto y yo he sido uno de sus principales testigos, tratando de luchar a diario contra las sombras, camuflándome entre ellas.

A pesar de los peligros que representa mi trabajo, estoy convencido de que cumplo con mi propósito de vida. Alguien tiene que recoger la basura para que otros caminen por calles limpias sin pensar en que la suciedad existe. El objetivo de hombres como yo es conseguir que el olor de la podredumbre no salga a la superficie. Lo que vive en las sombras no debe conocer la luz del día. Sacrifico mis noches de sueño para que otros duerman en paz hasta que el sol los despierte.

Soy el detective George Devon. Si preguntan por mí probablemente responderán que he sido uno de los más reconocidos en mi área profesional dentro de Vancouver. Pese a ello, no me gusta hacer alardes de mis logros porque me considero satisfecho con cumplir mi trabajo. Mi intención no es promocionarme, ni tampoco pretendo narrarles mi vida, aunque haya revelaciones personales necesarias para comprender por qué me he comprometido en exponer esta historia. Si he decidido escribir estas líneas es porque desde hace tiempo siento la necesidad de contarles un caso en particular entre los muchos que he logrado resolver.

Nunca es un trabajo fácil y ni predecible, por mucha experiencia que tengas. Sin embargo, a lo largo de los años se fortalece el sentido de familiaridad con el trabajo que haces, aun cuando dicho trabajo incluya situaciones horribles frente a las cuales otros apartarían la mirada. Como detective llega un momento en que crees haberlo visto todo y nada podrá sorprenderte. Aprendes a hacerte más fuerte porque de otro modo no soportarías continuar enfrentando a los criminales que te corresponde capturar. Debes estar dispuesto a introducirte en la mente de asesinos y violadores para anticipar su siguiente paso. Te sumerges en el lodazal y te camuflas entre las sombras como si fueras uno más de ellos.

Cuando consagras tu vida al cumplimiento honorable del deber te aferras a la justicia con una fe inquebrantable. Solo confías en la ley porque es la única garantía que te permitirá detener a los monstruos, aunque eso te vuelva cruel e inflexible a la hora de compadecer los errores humanos y sus consecuencias. Aceptas que la tarea es castigarlos por sus horribles faltas, sin un asomo de misericordia. Tarde o temprano acabas volviéndote un insensible porque dudas de que haya suficiente bondad en el mundo para hacerle frente al mal que nos invade. Lo que a menudo olvidamos es que a veces la redención es más poderosa que la justicia.

Hay casos que se convierten en una referencia importante para tu hoja de vida. Gracias al éxito de esos casos obtienes una buena reputación. No por ello serán los casos que más te afecten como individuo. En realidad solo hay unos pocos casos definitivos capaces de hacerte temblar con solo recordarlos. Casos que cambian tu modo de pensar porque te confrontan con aspectos de ti mismo que creías haber superado. Algunos te persiguen como un recuerdo incómodo, o incluso aterrador, porque han quedado inconclusos. Otros casos simplemente siguen doliendo, aunque los hayas resuelto. Son situaciones que te recuerdan el verdadero significado de la piedad, esa extraña virtud que fácilmente olvidamos quienes perseguimos la justicia en un mundo donde hay tantos culpables intentando parecer inocentes.

Cuando se es detective las expectativas de vida no son precisamente altas, en especial si representas un peligro para los criminales de Vancouver. Saber cuidarse las espaldas no siempre es suficiente. Si no piensas como los delincuentes, entonces te conviertes en un objetivo vulnerable. A lo largo de mi carrera me he comprometido con muchos casos al máximo de mis capacidades. No solo he invertido mis habilidades físicas e intelectuales. En ocasiones me he involucrado emocionalmente, con consecuencias desagradables. Con el tiempo he aprendido a separar mi quehacer profesional de mi vida personal, a construirme una coraza y esconderme tras la máscara de un rostro indescifrable. Esto no siempre es posible. Todos tenemos un punto débil.

Algunos de los casos en que he trabajado contribuyeron a formar mi carácter, pese a ser menos conocidos por la opinión pública. Particularmente hay un caso en el cual suelo pensar, incluso en los momentos en que no estoy en el medio de una investigación porque ha dejado una huella profunda en mí. Por eso considero que la escritura me ayudará a comprender mejor esa huella. He vencido a tantos demonios, por lo cual no estoy seguro si escribir sobre ellos sea conveniente. No obstante, alguna vez leí que la escritura funciona como un exorcismo.

En mi oficio estoy acostumbrado a escribir largos reportes en los que registro los avances de mi investigación y, finalmente, sus resultados, antes de dar por concluido un expediente. Se trata de un tipo de escritura informativa e impersonal que solo ofrece datos para la exitosa ejecución de casos similares. Lo que aprendí con el caso del «niño de las rosas rojas» supera cualquier información que haya puesto en el reporte. Por eso hoy he decidido desempolvar ese expediente y contarles el lado humano de esa historia.

AQUELLA MAÑANA del mes de octubre se presentó nublada y con amenaza de lluvia, lo cual era de esperarse durante el otoño en Vancouver. Quienes vivimos en esta ciudad portuaria estamos acostumbrados a lidiar con la humedad como parte integral de nuestras vidas. Incluso en los días soleados la cercanía del mar mantiene una pesadez que empapa si permaneces mucho tiempo fuera de los lugares sin aire acondicionado. Por esa razón, sitios como el Starbucks del malecón suelen estar tan frecuentados en las horas libres por quienes trabajan en la zona portuaria. Más que un establecimiento para reunirse a tomar café durante los días en que se esperan fuertes lluvias, la cafetería se convierte en un refugio oportuno para resguardarse de la humedad y no sentirse empapado por el sudor frío.

Por lo tanto, cuando Sheila Roberts entró al Starbucks aquella mañana lo halló excesivamente concurrido para su gusto. Todas las mesas estaban ocupadas y la fila para comprar presentaba al menos seis personas por delante de ella. Por si fuera poco, solo una de las dos cajas disponibles se encontraba en funcionamiento para atender a la clientela. Al entrar en el establecimiento, la presencia elegante de Sheila apenas produjo una impresión entre quienes estaban allí, aunque su atuendo se destacaba en comparación con el del resto. En esa ocasión iba vestida con un traje de ejecutiva, un bolso de cuero colgado al hombro, tacones altos y blusa rosa. Sin embargo, el aspecto más notorio de su llegada era que empujaba un cochecito de bebé. Su modo de arrastrarlo daba la impresión de que no estaba acostumbrada o que le incomodaba verse obligada a hacerlo. Al momento de ponerse en la fila puso el coche a su costado y apenas le dedicó su atención; aunque su inquieto ocupante, quien apenas tenía un año, agitaba los brazos.

—Pórtate bien, Daniel —exigió Sheila, como si el bebé fuera capaz de comprenderla—. No estoy de ánimo para aguantar un berrinche.

Si bien la criatura no era capaz de entender las palabras que le decían, cumplió con la orden durante el tiempo que duró la espera por ser despachados. Se mantuvo tranquilo, aunque completamente despierto. Frente a ellos había una pareja conversando. Sheila notó que se mostraban alegres y cariñosos el uno con el otro, lo cual le hizo fruncir el ceño. De vez en cuando volteaban en dirección al coche para observar al bebé y compartían sonrisas cómplices. Sheila adivinó enseguida que se trataba de una de esas parejas de recién casados todavía optimistas frente a la perspectiva de comenzar a formar una familia, antes de que llegara el primer hijo que cumpliría sus sueños. Cuando observaban a Daniel reconocían la perspectiva de un futuro no muy lejano en el cual ellos serían padres. A Sheila esta visión se le antojó insoportable, por lo cual se mantuvo con una expresión seria y una mirada indiferente para evitar cualquier tipo de interacción que la pareja quisieran tener con ella, por si querían hacerle las típicas preguntas y observaciones que se le suelen hacer a una mujer que empuja un cochecito.

Cualquier intento que la pareja pretendiera tener con ella o con Daniel no llegó a prosperar porque se percataron de la hostilidad que irradiaba Sheila con su actitud rígida. En todo ese tiempo tampoco se molestó en dedicarle una mirada al bebé, lo cual resultó inusual para la pareja, quienes dejaron de sonreírle a Daniel y concentraron su mirada al frente. Sheila notó de reojo que Daniel extendía su brazo en dirección a ellos y les sonreía, en un intento por recuperar la atención que le habían brindado. Debido a ello, Sheila volteó el coche ligeramente para que la mirada del bebé apuntara en una dirección distinta.

La fila tardó en avanzar. Cuando la pareja fue atendida por la dependienta, Sheila suspiró aliviada porque finalmente les tocaría. Detrás de ella la fila había aumentado, entonces dedujo que sería imposible encontrar un asiento desocupado. Se sentía sedienta e imaginó que Daniel tendría hambre, por lo cual compraría algo para compartir con él cuando salieran de allí.

—Buenos días, Sheila, ¿en qué puedo servirle? —saludó la dependienta, Annette Grundy—. Tenemos ofertas para leche de biberón con fórmula para bebés.

Annette se percató de la presencia de Daniel al atenderla. Conocía a Sheila como clienta regular, por lo cual le sorprendió que esta vez viniera acompañada de un bebé. Por lo poco que sabía de ella, no tenía niños. Annette recordaba la vez que mantuvieron una breve conversación, en la cual Sheila aseguraba que su trabajo era su vida. Por lo tanto, su curiosidad se despertó enseguida por querer averiguar quién era ese niño que traía consigo. Ella pareció adivinar los pensamientos de la dependienta reflejados en su mirada, por lo que le dedicó una sonrisa nerviosa antes de responder.

—Es mi sobrino —aclaró Sheila, aunque Annette no se había atrevido a preguntarle—. Llevo su biberón conmigo, así que no hace falta comprarle más leche.

—Es un niño hermoso —señaló Annette—. ¿Cuántos años tiene?

—Quiero un café helado, descafeinado y sin crema, como de costumbre —pidió Sheila, ignorando tajantemente la pregunta que le hiciera Annette—. Y una magdalena para llevar.

Annette anotó todo con eficacia, demostrando la amabilidad que la caracterizaba. Contrario a las otras ocasiones en que la atendía, Sheila parecía exasperada. Le extendió un billete, diciéndole que se quedara con el cambio. Daba la impresión de que quería irse de allí cuanto antes.

—De acuerdo, en unos minutos podrá recoger su pedido a la izquierda del mostrador —respondió Annette—. Podemos mandar a desocupar uno de los asientos especiales para que te sientes con tu sobrino. En el caso de embarazadas o niños pequeños, hacemos esas concesiones. Me temo que afuera caerá la lluvia de un momento a otro.

—No hará falta —aseguró Sheila—. Si llueve volveremos. Pero prefiero caminar.

La dependienta asintió sin insistir en su recomendación. Para Annette, toda la escena resultaba incómoda. No podía imaginarse a Sheila con un niño. La actitud de ella mientras fue atendida contribuía a incrementar esta percepción. Cuando su orden fue puesta sobre el mostrador, Sheila la recogió para salir enseguida del establecimiento. Usualmente se mostraba cortés. Esta vez ni siquiera se despidió al momento de irse.

Sheila salió del local y se detuvo a cierta distancia de la entrada para beber un sorbo de su café helado, antes de continuar en dirección a unos banquitos colocados en dirección a los puertos de embarque. Algunos de estos eran ocupados por parejas o personas que, al igual que ella, acababan de comprar algo en Starbucks. Sheila quería estar tan apartada como fuera posible del contacto con otras personas, siendo plenamente consciente de que su sobrino atraería mucha atención. Era uno de esos bebés rozagantes cuyo aspecto tierno y alegre era cautivador de inmediato.

A medida que Sheila arrastraba el coche, el pequeño Daniel parecía inquieto agitando la cabeza de un lado a otro. Era la primera vez que lo paseaban fuera de su casa en una distancia larga y un tiempo mayor del habitual. Sheila continuó caminando hacia la entrada de un parque situado a lo largo del malecón, y se sentó en un banco ubicado en el último tramo de la hilera de asientos. En esa zona todos los bancos estaban desocupados, y nadie los molestaría. Se acomodó en uno de esos y bebió su café helado, al mismo tiempo que partía la magdalena para compartirla con su sobrino. Este reaccionó enseguida, queriendo sujetar entre sus manos el pedazo que le ofrecían. Sheila la apartó previniendo que la tumbara al suelo.

—Yo te la daré —le dijo con un tono autoritario—. Abre la boca.

Sheila aprisionó las manitas del pequeño con una de sus manos, mientras con la otra le daba el pedazo de magdalena que había partido para que lo mordisqueara. Daniel así lo hizo y comenzó a masticar, reaccionando con agrado ante el sabor dulce. A diferencia del rostro amargado de Sheila, su sobrino parecía muy feliz en compañía de su tía. Pasados unos minutos, ella se mostró impaciente mirando de un lado al otro. Cuando posó su mirada en el bebé vio que este la veía con una expresión ansiosa.

—¿Ya quieres tu biberón? —preguntó Sheila más como una afirmación para sí misma—. Aquí lo tienes.

Su tía extrajo la botella llena de leche fuera de su bolso y la acomodó entre las manos del niño, quien se acostó a sus anchas dentro del coche para intentar sostenerlo. Ya estaba habituado a la dinámica, por lo cual sabía cómo reaccionar. Sheila solo tenía que sostener ligeramente el biberón con una de sus manos mientras Daniel sorbía su contenido. Cuando este apartaba su rostro del chupón, ella lo quitaba enseguida y esperaba unos cuantos segundos para volver a ofrecérselo. En ocasiones sentía el tacto frágil de las manos de su sobrino sobre las suyas, y ella las sacudía ligeramente para que las posara en el recipiente.

Durante el proceso, su sobrino le dedicó una de esas profundas miradas inocentes propias de los bebés cuando son alimentados. Una dulce mirada cargada de devoción y agradecimiento, en correspondencia a un acto de amor por el hecho de recibir un cuidado justo cuando lo necesitaba. Sheila no soportaba esta visión, así que apartó su rostro para no ver a su sobrino, aunque no dejaba de sostenerle el recipiente. Este bebió con avidez hasta que lo vació en menos de cinco minutos. A diferencia de otros niños a los cuales les costaba acostumbrarse al biberón a temprana edad, Daniel fue destetado mucho antes de lo usual por recomendaciones de los médicos. Contrario a lo que muchos creerían, esto no trajo ninguna repercusión negativa en su alimentación, ni mucho menos en su crecimiento. El niño se distinguía por ser un bebé saludable.

Daniel se mostró adormilado luego de beberse la leche. Sheila lo sacó de su coche para recostarlo sobre su hombro y darle ligeros golpecitos en la espalda, y de este modo expulsara los gases. Por supuesto, al hacer esto tuvo sumo cuidado de cubrirse con una toalla para prevenir que ensuciara la blusa rosa que tanto le gustaba. Por fortuna para ella, cuando devolvió a su sobrino dentro del coche, este comenzó a cerrar los ojos, con ganas de dormirse. Sheila sacó su teléfono móvil para comprobar la hora. Comenzaba a hacerse tarde, según el horario que había convenido para estar allí.

En efecto, Daniel se durmió profundamente luego de estirar sus extremidades y acomodarse. Nada interrumpía su sueño, a pesar de que en ocasiones se escuchaban ladridos de perros, el graznido de los pájaros o las voces de quienes gritaban en el malecón. El cielo nublado comenzaba a despejarse, por lo que la amenaza de lluvia ahora parecía una predicción absurda. Si bien no llovió, el frío aumentó, a pesar de que el cielo se mostraba azul y transparente. El clima de Vancouver siempre resultaba impredecible de un momento a otro.

A causa de la humedad, Daniel estornudó, pero no abrió los ojos luego de eso. Simplemente se volteó a un lado, cambiando la posición bocarriba en la cual se hallaba durmiendo. Al notar esta reacción, Sheila se preocupó en cubrirlo con una manta para que nada lo molestara. Ella quería que permaneciera caliente y abrigado, y de esta forma su sueño se mantuviera.

Su sobrino seguía inmóvil, con la respiración profunda, tal como se evidenciaba en el vaivén de su pequeño pecho. Cuando apartó la mirada del coche en dirección a la extensión del parque divisó a lo lejos que se acercaba una mujer, la cual observaba a su alrededor con actitud nerviosa. Sheila volvió a ver a su sobrino, verificando que continuase sumido en un letargo profundo. Le convenía que no estuviera despierto en las siguientes horas.

—Así es, Daniel —susurró Sheila—. Es mejor que duermas. Cuando despiertes estarás en casa.

2

Esa misma mañana, Elizabeth Andreas abrió los ojos sobresaltada al notar que fue un error apagar la alarma del despertador cuando sonó la primera vez. Lo cierto era que se había vuelto a dormir y llegaría tarde para su «cita» del mediodía. Al revisar su teléfono móvil descubrió que este marcaba tres llamadas perdidas en el transcurso de su hora extra de sueño. Al reconocer el nombre de quien las hizo, inmediatamente se sintió nerviosa y le temblaron las manos. Las llamadas correspondían al número de su querido novio Harold Findlay. Una de las cosas que más le molestaba en el mundo era la perspectiva de decepcionarlo. Si el negocio se arruinaba por culpa suya era algo que él no le perdonaría. Lo conocía lo suficientemente bien para saber cómo reaccionaba cuando se sentía defraudado, sobre todo si se trataba de una pérdida de tiempo y dinero. Si la operación de ese día fallaba se crearía una fractura grande entre ellos, hasta el punto de que llegaría a comprometer su relación. Ansiosa, marcó enseguida el número de su novio para darle una explicación:

—¿Por qué no atendías el teléfono? —preguntó Harold antes de que ella saludara—. Por favor, dime que ya saliste de tu casa.

—Por eso te llamo —respondió nerviosa—. Aún no he salido. Saldré en menos de cinco minutos, lo prometo.

Elizabeth le estaba mintiendo. Apenas se estaba despertando y al menos tardaría unos veinte minutos en salir de su apartamento.

—Eso espero, Liz —replicó Harold—. Hoy es el único día disponible para ir por el «encargo». Esa persona no va a perder su tiempo esperando por ti. Todo debe salir a la perfección, o atente a las consecuencias.

La llamada fue cortada antes de que Elizabeth pusiera alguna objeción. Alarmada por la sensación de haberlo molestado, resolvió que saldría sin darse una ducha. Apenas dedicó unos pocos minutos a cepillarse los dientes y luego se vistió rápidamente con la primera ropa que sacó del clóset, sin detenerse a hacer una elección apropiada. Según las órdenes de Harold, lo fundamental era pasar desapercibido cuando se llevaba a cabo una «transacción». El aspecto impresentable que llevaba sería suficiente para que la gente se le quedara viendo en la calle. Ni siquiera se había peinado el cabello desde que se levantó de la cama y tampoco se le ocurrió buscar una liga para recogérselo.

Al salir se dio cuenta de su error, al sentir que el viento ondeaba su larga y voluminosa cabellera de tipo rizado. Elizabeth no era una mujer particularmente atractiva, aunque no era que fuese poco agraciada. Pese a ello, luciendo así de desarreglada, tal y como se obligó a salir, llamaría la atención igual a que si llevara un atuendo excesivamente elegante. Sin embargo, no había tiempo para devolverse a su apartamento, aunque se arrepintiera. Debía cumplir con el encargo a tiempo o se perdería una valiosa oportunidad. Si llegaba a fallar en su cometido, Elizabeth no quería imaginar un escenario en el cual las recriminaciones de Harold desembocaran en una discusión. Cada vez se sentía más apegada a él y lo consideraba el único hombre que necesitaba en su vida.

Sin contar con el error de su vestimenta, Elizabeth siguió al pie de la letra las instrucciones que Harold le explicó para cumplir con éxito la misión de aquel día. Conforme a esas indicaciones, primero condujo su auto por la ciudad hasta llegar a un estacionamiento privado en donde sería bien cuidado. Luego de eso caminó hasta la parada del autobús que la dejaría a unos pocos metros de distancia del parque ubicado en el malecón. Al alzar la mirada comprobó el aspecto nublado del cielo y temió que lloviera mientras esperaba la llegada del bus. Se arrepintió de no llevar consigo un paraguas.

Según sus cálculos, el autobús tardaría diez minutos en llegar. A su vez le tomaría unos veinte minutos estar finalmente en el malecón, lo cual significaba que llegaría con media hora de retraso. La tardanza no sería tan grave, siempre y cuando no ocurriera algún otro incidente que complicara su llegada. Cada minuto que pasaba se sentía mucho más nerviosa. Curiosamente, Elizabeth debía estar asustada por la naturaleza del trabajo que estaba desempeñando para Harold y los riesgos que acarrearían para ella si algo salía en contra de lo esperado. No obstante, su temor simplemente respondía al deseo de no fallarle. Gracias a esa misma falta de sensatez y extrema ingenuidad que la caracterizaban, él la manipulaba a su antojo para que hiciera lo que ella quisiera. Elizabeth no era una mujer que se distinguiera por su inteligencia, y su novio reconocía en este defecto una ventaja con infinitas posibilidades según su conveniencia. Lo único que él debía hacer para garantizar la entrega y devoción de ella era seguir alimentando la posibilidad de un futuro a su lado.

Ya a bordo del autobús, Elizabeth se apoyó contra la ventana para ver el paisaje nublado, al mismo tiempo que pensaba en su relación con Harold. Siendo honesta consigo misma, era consciente de que ellos no eran oficialmente novios. Al menos no hacían muchas de las cosas que imaginaba debían hacer los novios, tomando como ejemplo a las parejas que observaba en la calle. Tenían relaciones sexuales, pero estas eran esporádicas y ella sospechaba que él complacía sus apetitos con otras mujeres. A ella no le importaban sus deslices, si a cambio tenía la garantía de que él siempre volvería a su lado. Por lo tanto, había aprendido a fingir para sentirse bien consigo misma. Fingía que su relación con Harold era un noviazgo tradicional. Fingía que ella era la compañera de su vida, esforzándose en ignorar que existieran otras mujeres. Fingía que el trabajo que compartían no le causaba daño a nadie y no infringía ninguna ley. Y por encima de cualquier otro simulacro, fingía que tarde o temprano se cumpliría su mayor sueño: casarse con él y formar una familia. Así, cada uno de los trabajos que le encargaba les garantizaría el futuro y bienestar que necesitaban para lograr ese sueño, el cual ella creía que también era compartido por él. De tanto fingir acababa por creer en sus propias ilusiones.

Por andar distraída, por poco se le pasó bajarse en la parada correspondiente. Se puso de pie con torpeza, gritándole al conductor que no cerrara las puertas todavía porque le tocaba bajarse. Este pareció enojado al escucharla, pero accedió a abrirlas, ya que no había puesto el motor en marcha.

—Preste atención para la próxima —la reprendió—. Nadie aquí quiere perder su valioso tiempo.

Ella asintió nerviosa en forma de agradecimiento, bajándose torpemente del autobús. Finalmente había llegado al malecón, a pesar de los inconvenientes por presentarse a tiempo en el parque. El último trecho lo recorrió a pie, acelerando sus pasos en dirección a los bancos de la entrada, según lo dispuesto. A cierta distancia observó a una mujer de aspecto impecable con un coche a su lado. Elizabeth se relajó al comprobar que su tardanza no perjudicó la operación. Conforme se acercaba, la mujer se puso de pie a espaldas de ella como si le hablara al coche. Elizabeth aminoró su marcha dubitativa, contemplando la escena. No quería acercarse demasiado hasta no estar completamente segura de que ese era el coche indicado.

Cualquiera que hubiese observado lo que ocurrió a continuación habría quedado perplejo, sin hallar una explicación coherente. La mujer de la blusa rosa, después de inclinarse frente al coche, se incorporó sin mirar atrás y, con la espalda completamente erguida, caminó hacia al frente para adentrarse en el parque como si estuviera paseando. Lo curioso de esa acción fue que no llevó el coche consigo, y simplemente lo dejó tras de sí para continuar su camino. Esto animó a Elizabeth a reanudar su caminata en dirección a los bancos, hasta acortar las distancias entre ella y el coche. Al principio se sentó en el asiento vacío, justo al lado del banco frente al cual el coche fue dejado. Por la posición en que fue puesto, le costó apreciar su interior. Elizabeth quiso estar segura de que nadie la observaba antes de continuar. Por lo tanto, miró lentamente a su alrededor con calma antes de volver a ponerse de pie y sentarse en el banco correcto, justo donde el coche se hallaba al alcance de su mano.

Estando allí sentada, sus manos le temblaban conforme las posaba lentamente sobre el cochecito. Esta vez sí consiguió ver en su interior, para descubrir a un niño hermoso. Se encontraba sumido en un sueño profundo. Lo atrajo con delicadeza para colocarlo frente a ella. El bebé estiró sus extremidades al sentir el movimiento. Sin embargo, esto no perturbó su sueño. Sus ojos permanecieron cerrados mientras fruncía su pequeña boquita. Elizabeth se distrajo un rato admirando los rasgos del bebé.

Cuando alzó la mirada en dirección al interior del parque no había ni un mínimo rastro de la mujer de la blusa rosa que estuvo allí minutos antes de su llegada. Elizabeth comprobó la hora en su teléfono móvil. Seguía siendo temprano para que Harold llegara con la furgoneta y llevara a cabo la parte final del plan. Lo que ocurriera luego ya no dependía de ella. Por lo pronto, restaba seguir esperando allí junto al coche hasta que se cumpliera la hora acordada. Oficialmente, su parte de la operación se cumplió con éxito.

—Harold estará orgulloso de mí —se felicitó Elizabeth—. No lo he defraudado.

Ella reparó en la pequeña cesta que colgaba a un lado del coche. Para pasar el rato se pone a revisarla, hallando las cosas que se esperan de una cesta para bebés: pañales, talco y un juguete de goma. Teme que si el niño se despierta, este se pondrá a llorar por no reconocerla o simplemente porque siente hambre. Al asomarse dentro del coche, Elizabeth repara en que también han dejado un biberón, el cual se encuentra vacío. Aquello era un indicador de que fue alimentado recientemente, lo cual aplazaba el problema durante las próximas horas. Tiempo suficiente para que fuera Harold quien se hiciera cargo del asunto, considerando que tenía mayor experiencia y aplomo en ese tipo de trabajos.

Elizabeth notó que el biberón tenía una palabra escrita con marcador negro en el dorso del recipiente. Sintiendo curiosidad al respecto, lo extrajo del coche para leerlo. Enseguida imaginó que ese era el nombre del bebé en cuestión.

—Así que te llamas Daniel —susurró Elizabeth—. Es un hermoso nombre.

Todavía sintiéndose nerviosa, Elizabeth se animó a tocar al niño para acariciarlo. Hasta el momento le parecía irreal. Nunca tuvo la oportunidad de interactuar con un bebé. Siempre le inquietaban, y no sabía cómo reaccionar si estos comenzaban a hacer un berrinche. No obstante, al verlo tan dormido e indefenso, se sintió animada para comprobar con sus propias manos el tacto suave de su piel. Le enternecía profundamente descubrir la serenidad reflejada en su rostro mientras dormía. Con delicadeza deslizó uno de sus dedos para tocar sus manitos. Daniel reaccionó ante este contacto apretando el dedo de Elizabeth, cuyos temores iniciales se manifestaron de inmediato cuando el bebé abrió los ojos.

—Te he despertado —observó Elizabeth lanzando otra mirada nerviosa alrededor del parque—. Si quieres puedes seguir durmiendo. No era mi intención molestarte.

Le hablaba como si lo creyera capaz de entenderla. Improvisando ante la situación, Elizabeth sacó el juguete de goma fuera de la cesta y lo agitó frente a la carita de Daniel. El bebé correspondió la maniobra recibiendo el juguete con una amplia sonrisa dibujada en su rostro.

—Eres todo un campeón —alabó Elizabeth ante su reacción positiva—. No tienes nada que temer. Todo estará bien.

Daniel apretó el juguete de goma entre sus manos y le dio un mordisco antes de arrojarlo a un lado. Luego se agitó dentro del coche, emocionado, y extendió sus brazos en un gesto que le daba entender a Elizabeth su deseo de que lo cargaran. Ella permaneció dudosa, porque tenerlo entre sus brazos le parecía una responsabilidad mayor a la que estaba dispuesta a asumir. Cuando aceptó el encargo le dijo a Harold que quería tener el menor contacto posible con el bebé. Este simplemente se encogió de hombros, diciéndole que hiciera lo que creyera conveniente mientras lo tuviera bajo su supervisión y cuidado. Ahora estaba en una situación en la cual no podía recurrir a ningún apoyo hasta que él no llegara. No obstante, la candidez de Daniel la llenaba de una confianza inusual.

—Bien, te sacaré de allí —aceptó Elizabeth—. Pero solo por un rato.

Al cargarlo entre sus manos, le sorprendió la mezcla de solidez y vulnerabilidad que representaba el peso de su cuerpo. Su inocencia se manifestaba en el hecho de que pudiera entregarse con tanta confianza a los brazos de otra persona. Ajeno a los peligros que pudieran asistir a su alrededor, Elizabeth le sonrió para acunarlo en su regazo y mecerlo. Por un momento se imaginó cómo sería su vida si se convirtiera en la madre de un hijo de Harold, y le agradó ese pensamiento. Era la primera vez que consideraba la posibilidad real de ser madre en el futuro. Al cargar a Daniel no le pareció tan aterrador como creía. El idilio terminó enseguida cuando sintió un jalón en su cabello. El niño comenzó a tirarlo con fuerza.

—¡Por favor, suéltame! —pidió Elizabeth con la cabeza inclinada para aminorar el impacto—. ¡Detente!

El bebé no obedeció sus súplicas, sujetando el cabello dentro de su puño y jalándolo con mayor fuerza. Cuando logró que la soltara y lo puso de vuelta en el coche, Daniel comenzó a llorar. Desesperada, se puso de pie frente a él e intentó calmarlo haciéndole muecas, sin éxito alguno. Seguidamente se puso a mecer el coche de un lado a otro, lo cual pareció empeorar la situación porque Daniel arremetió con mayor fuerza. No quedándole otra alternativa, Elizabeth comenzó a cantar una canción pop que se sabía de memoria para que deje de llorar. Normalmente no era algo que haría si se supiera observada, pero dicho recurso de emergencia fue efectivo: Daniel se quedó tranquilo y se mostró de nuevo sonriente.

Reconfortada, ella se volvió a sentar en el banco, agradeciendo que cada vez faltara menos para desentenderse de tan embarazosa situación. Al comprobar la hora supo que era el momento de caminar hacia la salida oeste del parque, donde Harold pasaría a recogerlos.

—Creo que ya es mejor que nos vayamos de aquí —le anunció—. Pronto pasarán a buscarnos.

Conforme a esta resolución empujó el cochecito, adentrándose en el parque. Daniel seguía despierto y, con una expresión curiosa, miraba por doquier, absorbiendo todo lo que se les presentaba en el camino. Durante el recorrido se encontraron un par de personas, quienes la saludaron contentas, atraídos por la sonrisa deslumbrante y los cachetes rozagantes del bebé. Este agitaba sus manos de una forma adorable cada vez que pasaba una persona. El viento soplaba directamente en sus rostros, lo cual implicaba despeinarse aún más. Apenada por imaginar cómo luciría su aspecto, Elizabeth correspondía los saludos de los transeúntes con timidez. En varias ocasiones se pasó las manos por la cabeza, intentando arreglar inútilmente su voluminosa cabellera, que ondeaba en desorden bajo los efectos del viento.

A pesar de su inseguridad, nadie le dedicó una mirada de extrañeza. En parte lucía como una madre exhausta paseando a su hijo, lo cual finalmente representaba el camuflaje perfecto para no despertar sospechas. Por supuesto, cualquiera que se detuviera de cerca para compararla con el aspecto pulcro de Daniel no pensaría de buenas a primeras que un bebé como ese tuviera una madre tan desaliñada. Sin embargo, Elizabeth se mantuvo en la orilla del camino para de este modo evitar un contacto más directo con las personas que pasaban.

Aunque no existían verdaderas razones para preocuparse,

confiando en lo que Harold le repitió hasta el cansancio, Elizabeth temía encontrarse con alguien que reconociera a Daniel. En el caso de que esto sucediera, la opción más fiable sería asegurar que era la nueva niñera contratada para cuidarlo. Aunque no le resultaría fácil parecer creíble y convincente porque ella se ponía nerviosa ante los interrogatorios. Además desconocía el nombre de los familiares del niño o la dirección de su domicilio. Ella no tenía el talento para mentir que a su novio se le daba con naturalidad, muchas veces, excesivamente bien para beneficio de ella. Debido a eso él siempre descubría enseguida cuando ella le mentía, mientras que Elizabeth nunca estaba segura de cuándo realmente Harold le decía la verdad.

Elizabeth reconoció la salida oeste porque estaba justo a la vuelta de una fuente. Dicha salida conducía a una de las calles para tránsito de vehículos que conectaba el malecón con el resto de la ciudad. Se suponía que Harold estacionaría la furgoneta en una gasolinera, siendo allí donde esperaba encontrarla con el encargo. Ella siguió las indicaciones al pie de la letra y se sintió alegre al comprobar que había llegado antes que Harold. Esta vez no tendría ningún motivo para hacerle reclamos por su trabajo. Le había demostrado que era la compañera que él necesitaba para cualquiera de sus alocadas empresas. Contrario a lo que él pudiera temer, todo salió a la perfección.

3

ELIZABETH EMPUJÓ el cochecito hacia la furgoneta, que llegó al menos con quince minutos de retraso respecto a la hora indicada. Con el rostro sudado y una expresión preocupada, Harold se encargó de subir el coche dentro, poner el bebé en el asiento especial que habilitó en la parte trasera y ayudar a Elizabeth para que se montara. Ella intentó saludarlo con un beso, pero él la apartó dándole a entender que no quería perder más tiempo allí. Confundida por su reacción, aborda la furgoneta y se sienta al lado del bebé, todavía alegre y sonriente, tal como lucía durante su paseo en el parque.

Una vez asegurados los pasajeros, Harold pisó el acelerador con fuerza. Elizabeth se tambaleó un poco y puso su brazo sobre el asiento de Daniel. Aunque estuviera asegurado, su primer impulso fue protegerlo y así evitar que se asustara. Harold viró hacia otra calle y redujo la velocidad, mostrándose un poco más tranquilo. Elizabeth quería hablar con él solo porque se alegraba de verlo, pero temía que este se molestara por cualquier cosa que le dijera.

—No debí retrasarme —se disculpó secamente—. Tomé un atajo y terminé enredado en medio del tráfico.

—No te preocupes —replicó Elizabeth—. Daniel y yo tuvimos tiempo de sobra para conocernos.

—No te encariñes con el niño —la reprendió Harold—. No es conveniente para el negocio. Y no lo llames por su nombre. Ni siquiera sabemos si lo conservará. No dependerá de nosotros.

—Al menos deberían dejárselo —enfatizó Elizabeth—. Él sabe que se llama así.

—Apenas tiene un año, no sabe absolutamente nada —objetó Harold de mala gana—. Y de cualquier manera, no recordará lo que está sucediendo. En cambio nosotros sí. Por eso te sugiero que guardes las distancias. Además, ¿no se supone que te dan miedo los bebés?

—Eso creía —respondió Elizabeth—. Aunque conociendo a Daniel, creo que mis temores eran infundados.

La luz roja del semáforo hizo que Harold se detuviera. Gracias a ello aprovechó esa pausa para voltearse en dirección a Elizabeth y dedicarle una mirada reprobatoria. Por la forma en que ella se expresaba, hablaba de Daniel como de alguien con quien se había encariñado. Elizabeth comprendió lo que su expresión significaba y bajó la cabeza, guardando silencio, sintiéndose avergonzada. Ahora que finalmente conseguía la atención de Harold, la obtenía de una mala manera.

—No puedo creer que lo hayas recogido luciendo así —advirtió Harold volviendo la vista al frente para seguir manejando—. Te ves terrible.

Ante esta observación, Elizabeth se ruborizó. El hecho de que encontrara su aspecto poco atractivo representaba un golpe bajo, pues eso significaba que luego la consideraría menos que deseable como pareja. Ella trató de explicarle que se vio obligada a salir tal y como la veía porque de otro modo no habría llegado a tiempo para recoger a Daniel.

—Solo espero que no hayas llamado mucho la atención —señaló Harold—. Esto no puede volver ocurrir para los próximos encargos.

A Elizabeth le reconfortó escuchar que Harold siguiera considerándola dentro de sus planes, a pesar de los errores que cometió. En su apego por él, no se daba cuenta de que nunca parecía estar a su altura. Esa era la estrategia perfecta de Harold para mantenerla controlada según su voluntad.

—Siempre contarás conmigo —subrayó Elizabeth—. Pase lo que pase.

Él ignoró su declaración y siguió manejando sin dedicarle otra palabra. La mujer no estaba segura de si estaba molesto con ella o solo concentrado en el camino. Daniel se había quedado dormido durante ese tiempo, para alivio de ambos. Ella lo miraba de reojo para evitar que Harold volviera a acusarla de formar lazos afectivos con el bebé. A medida que la furgoneta recorría las calles de Vancouver, Elizabeth pensaba en el destino de Daniel. Por cada kilómetro que avanzaban, el pequeño se alejaba más de su casa como nunca antes lo estuvo. En ese sentido, era una bendición que tuviera una edad con la cual podía comenzar una nueva vida y, a pesar de ello, no tener ningún recuerdo de lo que dejaba atrás.

—¿Adónde vamos? —preguntó Elizabeth para aligerar las tensiones—. No conozco este camino.

—Una vez más me doy cuenta de que no prestas atención —apuntó Harold—. Ayer te expliqué paso a paso todo lo que haríamos. Vamos a Chelsea.

—No lo recordaba —se disculpó Elizabeth—. Concentré mi atención en aprender la parte que me correspondía. Sabes que suelo distraerme con facilidad, y por eso me esforcé al máximo. No quería fallarte. ¿Acaso no he hecho un buen trabajo?

La voz de Elizabeth sonaba ligeramente quebrada, amenazando con desembocar en el llanto de un momento a otro.

—Lo hiciste bien, Liz —admitió Harold intentando parecer cariñoso—. En trabajos como este, hacerlo «bien» no siempre es suficiente. Tiene que hacerse perfecto porque cualquier mínimo error trae consecuencias fatales. Por eso soy exigente contigo, porque yo veo el cuadro completo. Sé que podrás hacerlo perfecto, pero necesitas que te presione. No te lo tomes personal. Me preocupo por protegerte.

Esa era la respuesta que ella deseaba escuchar, y él supo que era el momento adecuado para complacerla. Gracias a eso se mantuvo tranquila el resto del recorrido, tan callada e imperceptible como lo seguía estando Daniel. Harold agradeció el silencio porque no tenía ánimos de seguir discutiendo con Elizabeth. Toda su atención estaba puesta en el cumplimiento del negocio que llevaba a cabo. Su único pensamiento era concretar la transacción ese mismo día. Mientras más rápido dejarán al bebé en el lugar destinado para él, menores serían las posibilidades de que ocurriera algo perjudicial. A diferencia de Elizabeth, quien se tomaba el asunto con ligereza, Harold era plenamente consciente del peligro en que se metía. Sin importar cuán cuidadoso fuera, ambos podrían ser apresados si algo salía mal.

El contraste con las vías principales de Vancouver se hizo notorio cuando entraron en Chelsea, uno de los barrios elegantes de la ciudad. Elizabeth se asomó a la ventana para apreciar las calles bordeadas por casas grandes y lujosas. Por el contrario, Harold parecía indiferente a esa visión de ostentación y riqueza que ofrecía la zona.

—Estas casas son hermosas —declaró Elizabeth—. Todas

las personas deben ser tan educadas. ¿No te gustaría vivir aquí?

—No me sentiría a gusto —respondió Harold enfáticamente—. Estas personas no son mejores que nosotros, aunque así lo crean. Por eso hacemos el trabajo sucio en su nombre. Nos necesitan para engañarse a sí mismas de que no han hecho nada malo.

Para Elizabeth, la cínica observación de Harold no redujo la impresión que le causó Chelsea. Cada una de las distintas casas que veía en el camino se convertía de inmediato en el lugar ideal donde quisiera vivir junto a él. A la par con esta visión, también se sintió mucho más acomplejada. Agradecía que estuviera en la parte trasera de una furgoneta con los vidrios subidos, pues de ese modo nadie descubriría su aspecto desarreglado, que no estaba a la altura de quienes allí vivían.

—No me tengo que bajar de la furgoneta, ¿cierto? —preguntó Elizabeth nerviosa—. Me avergonzaría que alguien me viera vestida así en una zona como esta.

—Tenemos que dejar al niño en su nuevo hogar —explicó Harold—. No se vería muy profesional de mi parte que me vieran empujando el coche mientras cierro el trato. Ese es el trabajo que te corresponde hasta que nos deshagamos de la «mercancía». Así lo acordamos.

—Hablas de Daniel como si no fuera una persona —se atrevió a recriminar Elizabeth—. Si tuvieras un hijo no te gustaría que se refirieran a él como un objeto.

—Llámalo como quieras —dijo Harold—. Tan solo recuerda que no es nuestro.

—¿Y cómo nos aseguraremos de que estará bien? —inquirió Elizabeth preocupada—. Deberíamos exigir un reporte mensual hasta estar seguros de que lo hemos dejado en un hogar donde recibirá todo lo que necesita.

—Te falta mucho por aprender —dijo Harold con un tono

condescendiente—. Al entregarlo ya nos libraremos de lo que le ocurrirá en el futuro. No podemos hacer ese tipo de exigencias. Te recomiendo que no pienses en ello. Alégrate pensando que vivirá en una de estas casas que tanto te han gustado. ¿No crees que estará mejor que antes?

—No sabemos cómo estaba antes —recordó Elizabeth—. Me cuesta pensar que alguien quisiera abandonar a este niño. Además, parece bien cuidado. Me he estado haciendo algunas preguntas al respecto.

—Espero que te las guardes —acusó Harold—. Confía en mí: mientras menos sepas, te sentirás mejor. Y por favor, te pido que no hagas ninguna observación extraña cuando lleguemos. Solo encárgate del niño y trata de parecer invisible. Seré yo quien hable en todo momento.

Elizabeth asintió confiando en que Harold sabía lo que hacía. Si él creía que estaban dándole a Daniel mejores oportunidades de vida, no tenía argumentos convincentes para contradecirlo.

—Llegamos —anunció Harold estacionándose frente a una gran mansión—. Prepárate para sacar al bebé y ponerlo en el coche.

—Bien —obedeció Elizabeth quitándole el cinturón de seguridad al asiento de Daniel—. Sigue durmiendo.

—Excelente —observó Harold—. Procura que se mantenga de ese modo. No daría una buena primera impresión si comienza a hacer berrinches.

—Es un niño alegre —defendió Elizabeth—. Se portará bien.

Harold se bajó de la furgoneta para abrirle la puerta a Elizabeth. Ella sujetó a Daniel entre sus brazos y este cabeceó abrazándose a su cuello. Cuando Harold abrió el coche y lo puso en el suelo, Elizabeth depositó al niño con suficiente delicadeza para no interrumpir su sueño. Se toparon con una gran verja de hierro. Tras la misma se alzaba una de las casas más lujosas que habían visto a lo largo del paseo por Chelsea. Un vigilante se adelantó para preguntar sus datos y seguidamente verificar que los esperaban. La autorización para entrar fue confirmada y los dejaron franquear la verja.

Al paso les salió un hombre uniformado que se presentó como el mayordomo de la casa. Les pidió que lo siguieran desde el largo porche hasta la entrada de la gran casa. Al trasponer el umbral, Elizabeth miraba a su alrededor con ganas de absorber en su memoria todo lo que aparecía ante ella. El mayordomo los miraba de reojo con arrogancia, como si los considerara personas de menor categoría. Cuando llegaron al vestíbulo principal el mayordomo se detuvo.

—El señor y la señora Sylvani los recibirán enseguida —notificó el mayordomo—. Tengan una buena tarde.

—Menudo imbécil —murmuró Harold—. Ni siquiera se tomó la molestia de ofrecernos algo.

Elizabeth permanecía atónita ante el lujo que representaba cada rincón en donde posaba la mirada. Cualquier temor que tuviera sobre el futuro de Daniel se desvaneció en aquel momento. Ella pensó, ¿quién podría ser infeliz en una casa como aquella? Sin embargo, no tardó en dar con una respuesta: el mismo tipo de persona que necesitaba a alguien como Daniel dentro de su vida.

El matrimonio conformado por Rose y Randy Sylvani no tardó en hacer acto de presencia en el vestíbulo. Iban vestidos con ropa casual, aunque saltaba a la vista que todo lo que llevaban puesto era de diseñador. Tras los saludos de rigor, concentraron toda su atención en el pequeño recién llegado.

—Míralo cómo duerme —alabó Rose—. Parece un angelito.

—Se llama Daniel —intervino Elizabeth para sorpresa de Harold—. Responde bien a ese nombre. Comió hace un par de horas, pero probablemente tendrá hambre cuando despierte.

A Rose no le agradó que Elizabeth le hablara con tanta confianza, por lo que frunció el ceño y siguió concentrada en admirar a Daniel.

—Discúlpenla —se adelantó Harold—. No está acostumbrada a hacer esto. Solo quiere asegurarse de que el niño estará en buenas manos.

—Lo estará —aseguró Randy—. En cualquier caso, conservaremos su nombre. Queremos que la transición sea lo más saludable para el pequeño.

Rose se puso de pie y agarró el coche para llevárselo con ella. A Elizabeth no le quedó más remedio que soltarlo y hacerse a un lado.

—Entonces todo ha quedado arreglado —afirmó Harold —. Ya cumplimos con nuestra parte del trato.

Permaneció expectante, y al mismo tiempo sintiéndose incómodo, mientras veía cómo Rose cruzaba la estancia para entrar a otra habitación llevando el coche consigo. Desconocía los extraños protocolos que los ricachones llevaban a cabo para concretar una negociación. Aunque Harold no se atrevía a exigir en voz alta lo que le correspondía, le lanzó una mirada interrogante a Randy. El señor Sylvani no tardó en comprender la razón de su inquietud.

—Trato cerrado —dijo extendiéndole un sobre—. Ya conocen la salida.

Randy imitó a su esposa, y les dio la espalda para introducirse por la misma puerta por la cual ella había desaparecido. Harold abrió el sobre de inmediato para comprobar su contenido. Elizabeth permanecía inmóvil con la mirada fija en la habitación oculta, sintiéndose triste por no haberse despedido de Daniel.

—Es tiempo de irnos —señaló Harold—. No soporto a esta clase de gente.

Durante el camino de vuelta, la amargura que Chelsea le causaba a Harold se fue difuminando. Las ganancias obtenidas fueron suficientes para mantenerlo feliz el resto del día. Por su parte, el hechizo que el barrio elegante había causado en Elizabeth ya no parecía tan fascinante conforme lo dejaban atrás. Algo le molestaba profundamente. Una sensación punzante en exceso incómoda. Pensaba en Daniel y sentía remordimiento. Ahora que lo habían dejado en aquella casa, comenzaba a tomar consciencia del peso de sus acciones. Por más que intentara no hacerlo, le costaba no dejar de imaginarse a la familia original de Daniel. ¿Acaso nadie lo extrañaría? Y si alguien lo echaría de menos, como ella ya lo hacía tras compartir con él unas pocas horas, eso la convertía en una persona horrenda. Su único consuelo era repetirse a sí misma: «Daniel tendrá una vida mejor en una casa hermosa».

4

CADA VEZ que Sheila entra por las puertas del gran edificio en donde trabaja entiende lo que otros sienten cuando llegan a sus casas tras una agotadora jornada. Su altivez enseguida demanda sumisión y silencio entre quienes la conocen. Para ella el trabajo es su verdadero hogar. Como abogada corporativa de las múltiples empresas que integran el edificio, el trabajo siempre es constante y, hasta cierto punto, interminable. Sin embargo, Sheila nunca se queja de que haya demasiado que hacer, sino todo lo contrario. Mientras más ocupada se encuentre su agenda, mayor satisfacción siente.

Por lo tanto, aquel día fue una anomalía en la vida de Sheila Roberts. Esto se debió al hecho de que se tomó toda la mañana y parte de la tarde antes de presentarse en el bufete. Debido a ello, el recepcionista del piso correspondiente a su oficina se sorprendió ante su llegada. En todo ese tiempo pensó que algo malo le ocurrió por no haberla visto a lo largo del día. Su preocupación fue mucho más aguda porque ella no había llamado para notificar su ausencia, cosa que hacía las pocas veces en que no iba a la oficina por razones personales.

—¡Señorita Roberts! —saludó el recepcionista—. Estábamos preocupados por usted. ¿Todo está bien?

—Mejor que nunca —respondió Sheila secamente—. Supongo que he recibido muchas llamadas. Dígales que he llegado a todos los que me han buscado.

El recepcionista asintió y comenzó a realizar las llamadas correspondientes cuando vio que Sheila se dirigía camino a su oficina. Ya adentro, Sheila leyó el reporte de llamadas perdidas puesto sobre su escritorio. Cualquier otra persona en su lugar querría huir de inmediato al leer la larga lista de nombres y números, representando lo que prometía ser un largo día de trabajo. En el caso de Sheila, la perspectiva de quedarse trabajando hasta tarde se convertía en una recompensa. Gracias a ello ocuparía su mente por completo y no tendría que confrontar sus pensamientos sobre el asunto personal que la obligó a no presentarse al trabajo en su horario regular. Dicho asunto le robó demasiado tiempo, y no sería justo que siguiera distrayéndola mientras atendía sus responsabilidades.

De esta forma, durante las siguientes horas Sheila se ocupó de contestar cada una de las llamadas que el recepcionista pasaba a su extensión. Algunos de los interlocutores parecían preocupados por ella, ya que la conocían lo suficiente como para saber que solo una situación grave causaría su ausencia en la oficina sin una respuesta inmediata para justificarla. Sheila respondió con explicaciones escuetas ante tales preocupaciones, y seguidamente se enfocó de lleno en los aspectos importantes de cada caso particular.

Entretanto, las llamadas telefónicas no fueron las únicas que ocuparon su tiempo. A lo largo de la tarde recibió varias visitas en su oficina de los abogados que formaban parte de su equipo de trabajo. Estos también se mostraron curiosos respecto a su ausencia, pero resultaba mucho más difícil para ellos insistir en sacarle una respuesta. Sheila inspiraba temor, sin dejar lugar a dudas de quién estaba al mando. Si algo la distinguía en particular era su cualidad de ser impenetrable y, al mismo tiempo, dominar la situación para que se conversara específicamente sobre lo que ella deseara. Ella podía desarmar los argumentos de cualquiera con una concienzuda elección de palabras, pero también evitar discusiones que no fueran de su agrado.

Al final del día, cuando todos volvían a sus hogares y se apagaban las luces de cada oficina, nadie conoció jamás ningún dato sobre la vida personal de Sheila. En parte porque tampoco nadie se atrevía a hacerle demasiadas preguntas. En su caso, la línea entre el respeto a su trabajo y la licencia para una confianza más personal estaba marcada. Bastaba con que siempre tuviera una solución eficaz y una respuesta clara para quienes trabajaban con ella. Se había ganado el derecho a mantener un bajo perfil sobre su vida personal y a que otros hablaran sobre ella solo a sus espaldas, formulándose las preguntas que jamás se atreverían a hacerle en voz alta.

Entre llamadas y reuniones, así transcurrieron al menos cuatro horas en las que Sheila se concentró absolutamente en su trabajo. Cuando se dio cuenta de que ya iban a ser las cinco de la tarde, recordó que era el momento de realizar una llamada que no debía ser aplazada y durante la cual no quería ser interrumpida. Para esto le pidió al recepcionista que no le pasara llamadas ni dejara entrar visitas en los próximos diez minutos. Una vez segura de que su privacidad no sería perturbada, Sheila sacó de su bolso el teléfono desechable que compró en la tienda electrónica la noche anterior. Marcó el número de Diana Evans, su hermana, quien se encontraba camino al pabellón de cáncer en la clínica donde recibía sus terapias. Sheila debió hacer dos intentos antes de que finalmente le respondiera.

—¿Quién habla? —preguntó Diana, demostrando el cansancio en su voz—. No tengo registrado este número.

—Es tu hermana —explicó Sheila—. Dejé mi móvil en casa. ¿Sigues en el hospital?

—Sí, todavía —confirmó Diana—. Me siento agotada.

—El proceso es largo —le recordó Sheila—. Lo fundamental es recordar que todo lo haces para tu futuro bienestar.

—Todavía no es seguro que esto vaya a servir para algo —contradijo Diana—. Me gustaría ser más optimista. Me esfuerzo en aparentar que todo estará bien. Pero contigo no puedo fingir.

—Todo estará bien, Diana —le aseguró Sheila tras el largo silencio que se produjo en la conversación—. Concéntrate en los tratamientos. No malgastes energías intentando parecer fuerte. Quienes te conocen saben por lo que estás pasando y no esperan que finjas.

—Necesito ser fuerte para Daniel —enfatizó Diana—. Todo esto lo hago por él. De lo contrario ya me hubiera rendido. No quiero que él me vea triste.

—Daniel no recordará nada de eso —refirió Sheila—. Cuando te pongas bien será como si nunca hubiera sucedido.

—Él es un niño perceptivo —sostuvo Diana—. Aunque luego no lo recuerde, siento que llevará esa tristeza consigo si se da cuenta de cómo me siento. Pero no hablemos más de eso. Todavía me queda una sesión de quimioterapia y necesito distraerme mientras espero. Háblame de Daniel. ¿Cómo se encuentra?

—Daniel está bien —aseguró Sheila—. Lo cuidarán muy bien mientras estás allá cumpliendo con tu tratamiento. Preocúpate por ti y luego piensa en los demás. En este momento estoy en el trabajo y me encuentro sumamente ocupada. Solo quería comprobar cómo estabas.

—Gracias por llamar —aceptó Diana—. Dile a Daniel que lo amo. Aunque no lo recuerde, quiero que él lo sepa.

Sheila colgó la llamada antes de que Diana continuara hablando. Conocía bien a su hermana y sabía que querría seguir hablando sobre su hijo. Seguidamente, Sheila autorizó nuevas llamadas y visitas para continuar trabajando, no sin antes arrojar a la basura el teléfono provisional.

5

Tres días después de los eventos anteriormente expuestos, esta es la parte de la historia en la cual hago acto de presencia. Al principio parecía un caso como cualquier otro bajo la categoría de «niño desaparecido». No obstante, para mí ninguno de estos casos es simplemente como «cualquier otro». Cada caso es distinto y, al mismo tiempo, me afecta de un modo particular. Cada caso que involucra a un niño en peligro, extraviado, o sufriendo a causa de los desmanes de los adultos, representa para mí un reto personal. Por eso cuando en la pantalla de mi computadora leí los detalles del caso de un niño desaparecido de dos años, mi reacción de cólera fue inmediata. No pude evitarlo. Era lo que siempre sentía cuando leía ese tipo de denuncias. ¿Cómo es posible que existieran personas capaces de hacerle daño a un niño? ¿Acaso es justo que un pequeño fuera apartado de su hogar cuando todavía no ha dicho sus primeras palabras?

Poco a poco fui leyendo los detalles del caso y noté que el reporte era muy escueto. La desaparición fue reportada por la madre en compañía de su hermana, pero en el documento en cuestión no había descripciones claras sobre cómo ocurrió. Simplemente se comentaba que el hecho ocurrió en el parque del malecón, seguida de una vaga descripción: «... en algún momento del mediodía, durante un instante de distracción». No quedaba claro quién fue la persona que se distrajo. A primera vista parecía un caso de negligencia en la supervisión adulta. Adjunto al correo iba una imagen del niño: un tierno infante de cabello y ojos castaños. Lo más llamativo en la imagen del niño era su sonrisa. Al comprobar su felicidad en la foto se incrementó mi cólera.

Al hacer mis primeras suposiciones en relación con el caso traté de comprender cómo era posible que alguien descuidara a un niño pequeño durante unos minutos. Si quería entender lo ocurrido necesitaba mayores detalles, y para ello tendría que entrevistarme con las dos mujeres. Hasta el momento no existía un pedido de dinero para un posible rescate tras la desaparición. Si en cuarenta y ocho horas esto no ocurría existían menos posibilidades de que el móvil fuera un secuestro. Hice varias llamadas internas para corroborar lo que el reporte no explicaba.

Los datos extra que pude recolectar de esas llamadas fueron muy pocos. La foto recibida todavía no había sido difundida a través de los medios. Los oficiales que tomaron la denuncia me dijeron que las mujeres expresaron que el asunto fuera tratado con absoluta confidencialidad porque la familia no quería someterse a ningún tipo de exposición mediática. Esto resultaba aún más incomprensible para mí. La expectativa de recuperar un niño desaparecido era mayor cuando se contaba con la cobertura de prensa y televisión para su reconocimiento en la calle. A pesar de ello, en diversas ocasiones había quedado demostrado que esto no siempre era suficiente. En ese sentido, los casos que se manejaban con secretismo presentaban menos probabilidades de éxito para hallar a un niño desaparecido.

Sea cuales fueran las razones personales detrás de cada denuncia, por lo general cuando un niño desaparecía sus familias agotaban hasta el último recurso disponible para hallarlo. Por un momento daba la impresión de que las denunciantes no estaban desesperadas ni tampoco creían que el niño pudiera ser localizado. El caso contaba con todos los ingredientes necesarios para poner a prueba mi paciencia.

A medida que revisaba los datos preliminares y pocos documentos ofrecidos por los familiares del niño desaparecido, inevitablemente pensé en mi propia infancia. Al hacerlo rememoré todas las duras pruebas que afronté en mi vida antes de convertirme en el hombre que ahora era. Considerando cuál fue la meta lograda, muchos creerían que fui recompensado por mis sufrimientos. Sin embargo, una infancia de abandono y abusos pocas veces representa un camino hacia la grandeza para quienes la padecen. Lamentablemente las personas prefieren consolarse con las historias de niños que han sufrido mucho y que luego crecieron para ser unos adultos exitosos. En cambio prefieren ignorar las incontables veces que un niño maltratado descubre que han arruinado su futuro para siempre, fracasando en su intento de sobreponerse a las funestas secuelas físicas y emocionales que arrastra desde su pasado.

Durante mi paso por la Universidad de Vancouver tuve buenas calificaciones, muy por encima del promedio. Desde los primeros años de mi desempeño como detective me destaqué frente a colegas y autoridades como la gran promesa de mi generación en el área de investigaciones policíacas. En ese sentido, mi carrera brillante fácilmente podría convertirse en uno de esos ejemplos inspiradores que demuestran el triunfo de la voluntad individual a pesar del maltrato. No obstante, no quiero ser la postal de autoayuda gracias a la cual los miembros de la sociedad tratan de limpiar su consciencia. En mi caso, las cicatrices siguen doliendo, aunque solo yo las reconozca en mi interior. No hay olvido efectivo para reconciliarme con mi memoria. En lugar de ello, cada una de mis experiencias pasadas sirve como el combustible que me anima a continuar trabajando para ayudar a evitar que otros niños pasen por las situaciones que yo sufrí. Mi propósito como detective es encontrar y arrestar tantos pederastas como sea posible.

Esta es la primera vez en que hablo abiertamente sobre mi pasado. Ninguno de mis compañeros, ni tampoco mis jefes, han conocido nunca mi origen familiar. Por lo general soy un hombre solitario y no me gusta exponerme. No temo ser vulnerable, pero no quiero dar una impresión equivocada. No soporto que me tengan lástima. Incluso en las pocas relaciones románticas que he logrado establecer, con algunas pocas mujeres a lo largo de los años, he omitido los detalles relacionados a mi infancia, tales como el lugar donde crecí o quiénes son mis padres. Si hoy me permito hacer estas revelaciones es para que comprendan mejor por qué el compromiso con estas investigaciones es tan importante para mí. Mi empecinamiento en resolver casos como el de la desaparición de Daniel no respondía únicamente a mi necesidad de atrapar a los maltratadores de niños, sino de evitar que en el futuro estos niños solo fueran calificados como pobres víctimas que esperan la ayuda de la sociedad. Mi intención era evitarles una vida de mayor abuso tras el repentino abandono de quienes los trajeron al mundo, incapaces de asumir su responsabilidad.

Otra razón primordial que me obligaba a guardar silencio

sobre el pasado consistía en el miedo a que mi identificación personal con casos de niños secuestrados, desaparecidos o maltratados fuera vista con recelo entre los oficiales de Vancouver. Cualquier interés excesivamente provocador o incómodo para las autoridades sería descalificado de inmediato, alegando que mi juicio estaba nublado debido a lo que viví. Se convertiría en la excusa perfecta para desacreditarme. Por ello no quería que mi historia se transformara en una mancha en mi expediente. Hoy en día tengo menos miedo de revelar estos detalles porque me encuentro en una posición mucho más estable para afrontar las críticas y que estas no perjudiquen mi reputación. El trabajo que he hecho es prueba de que mi historia no ha afectado mi récord, sino todo lo contrario. Gracias a lo que he vivido, muchos de los casos más difíciles de Vancouver han sido resueltos.

Para el momento en que llevaba este nuevo caso tenía treinta y cinco años, de los cuales, los últimos trece fueron consagrados a mi trabajo de detective. A veces me pregunto que si de haber tenido una infancia distinta realmente hubiera escogido esta profesión. Desconozco hasta qué punto somos el resultado de la suma de experiencias ajenas a nuestro control o si en verdad somos libres de ejercer nuestra voluntad como mejor nos parezca. Considero que la libertad se adapta a las condiciones y circunstancias a nuestro alcance, para luego engañarnos de que hemos tomado decisiones por nuestra cuenta sin la influencia de nadie. Estoy convencido de que mi deseo de trabajar en un área relacionada con la justicia se fortaleció como un modo de marcar la distancia con todo aquello que conocí. No me arrepiento de ello porque gracias a eso he salvado a otros niños de infancias tristes y difíciles como la mía. Quizá he cambiado el destino de otros, del mismo modo en que yo solo reconocí un camino a seguir para cumplir un buen propósito.

En comparación a la mayoría de niños abandonados, criados en orfanatos o por familias adoptivas, yo recuerdo perfectamente bien a mis padres. Fui abandonado por ellos cuando tenía ocho años. Es decir, yo ya era lo suficientemente grande como para saber lo que ocurría, aunque, al mismo tiempo, considerablemente inexperto para entender las emociones derivadas de esa experiencia. Incluso hoy veo con nitidez el rostro severo de mi padre cuando apagaba colillas de cigarrillo en mis brazos, del mismo modo en que recuerdo la indiferencia de mi madre cuando su mirada lucía extraviada tras inyectar sus venas. Ambos eran una pareja de drogadictos que vivían en una casa rodante, haciendo trabajos temporales con los cuales pudieran costearse un poco de comida y sobre todo pagar por la droga que necesitaban para sentirse bien consigo mismos.

El estado de drogadicción de mi madre fue empeorando progresivamente. Durante los primeros años ella me protegía de los actos de violencia de él. Incluso me enseñó a leer y a hacer cuentas matemáticas, pese a que no asistía a la escuela. Mi madre era la hija de una familia acomodada que se había escapado con un rebelde bueno para nada para vivir una aventura salvaje. Cuando se embarazó de mí, al poco tiempo de esa huida, quedó claro para ella que no había posibilidad de regreso a su vida anterior. Sus padres no la aceptarían como madre soltera y prefería quedarse al lado del hombre que creía amar, pese a que no le ofreciera ninguna promesa de seguridad para el futuro. Así que decidió continuar la aventura que arruinaría su vida y la mía.

Poco a poco mi madre comenzó a volverse una adicta a las drogas por mediación de mi padre, quien encontró en ello una forma de mantenerla controlada. De lo poco que recuerdo de mis últimos años viviendo con ellos me queda la impresión de ser un niño no deseado. Mi madre ya no me dedicaba ninguna atención y mi padre solo me hablaba para darme órdenes o insultarme. Probablemente sufría de cuadros psicóticos, los cuales empeoraban durante los periodos de abstinencia en los que no reunía dinero suficiente para comprar la droga que su cuerpo necesitaba. Sospecho que de haber continuado junto con él probablemente no habría vivido para contarlo. En algún momento la violencia que caracterizaba sus acciones habría alcanzado un extremo peligroso en mi perjuicio.

En muchos sentidos, haber sido abandonado garantizó mi supervivencia. A pesar de eso, separarme de mi madre fue un golpe muy duro. No recuerdo con precisión las discusiones que tuvieron antes de llegar a esa resolución. Supongo que acabó por ceder a esta del mismo modo en que aceptaba cada una de sus palabras como ley inviolable. Mi madre casi nunca se oponía a las decisiones de mi padre, y cuando tenían un desacuerdo, él conseguía disuadirla. Me gustaría pensar que hizo todo lo posible, pero no me engañaré a mí mismo: aceptó dejarme fuera de su vida porque también así lo quiso. Me costó aceptar en lo sucesivo la idea de que ella no hizo nada para recuperarme luego de que mi padre tomara la iniciativa de llevarme a un «lugar especial», tal y como él lo describió. Mis padres habían vendido casi todo lo que poseían, a excepción de la casa rodante. Debido al consumo de drogas gastaban más dinero del que a duras penas conseguían ganar cada mes. Deshacerse de mí les permitiría hacer un mejor uso del dinero porque sería una boca menos a la cual alimentar. Al mismo tiempo, una vez tomada la decisión de dejarme atrás, mi padre consideró la mejor alternativa para que tal decisión le reportara alguna forma de ganancia inmediata.

Por lo tanto, el lugar al cual fui llevado no se trataba siquiera de un orfanato, sino de un hogar de «transición» en donde fui vendido como si yo fuera una mercancía. La última imagen que recuerdo de mis padres fue ver cómo recibían un sobre, el cual mi padre rompió enseguida para contar el dinero que llevaba dentro. Ni siquiera tuvo la delicadeza de comprobar el pago cuando yo no estuviera viéndolo. Ninguno de los dos me dedicó una mirada, ni tampoco me concedió un abrazo de despedida. Tras verificar que el pago era satisfactorio, atravesaron el umbral de la casa en donde me dejaron y nunca más supe de ellos.

No quedó ningún registro de sus nombres. La transacción se hizo de un modo tal que no se supiera mi procedencia real. El lugar en cuestión era regentado por un matrimonio severo, quienes me mantuvieron encerrado dentro de un cuarto, el cual solo abrían para servirme la comida o recogerla. Algunos días me dejaban jugar en un pequeño patio por un tiempo no mayor de quince minutos. Apenas me dedicaban palabra alguna y debido a ello seguí comportándome como el niño silencioso que siempre fui cuando vivía con mis padres. Estimo que viví en esa casa durante al menos dos meses. En ese tiempo varias familias fueron a verme. Me inspeccionaban como si yo fuera una fruta o una hortaliza expuesta en un mercado. Finalmente una de esas parejas me llevó a su casa.

La primera familia con la que viví no era particularmente molesta, y fue lo mejor que me pudo haber pasado en comparación con lo que había conocido. No obstante, ellos no pensaron de la misma forma respecto a la decisión de «comprarme». Desde el momento en que estuve con ellos en su casa, viviendo como su «hijo», yo no les contestaba nada de lo que me preguntaban. Solo los veía fijamente y luego volteaba mi cabeza, ignorándolos. Era un pobre niño intentando comprender lo que sucedía a mi alrededor, todavía confiando en que despertaría de un mal sueño y volvería a la triste aunque familiar realidad que conocía. Una realidad donde al menos tenía una madre a la que amaba. A causa de mi actitud, supusieron enseguida que realizaron una mala inversión. Habían recurrido a un modo poco ortodoxo de adopción: era mucho más rápido, se hacían menos preguntas y se garantizaba que no fuera el típico niño de orfanato enfermizo o con problemas de conducta. Sin embargo, no les agradó la idea de que consiguieron un niño que no se mostraba alegre ni conversador. Me consideraron un niño «defectuoso», y por ello regresaron al lugar de donde me sacaron para pedir un «reembolso».

El lugar en cuestión fue desmantelado y no quedaba rastro alguno de sus ocupantes. Mis padres adoptivos tomaron otra nueva decisión. En lugar de darme una segunda oportunidad y regresar junto con ellos a su hogar, me dejaron en un orfanato de Vancouver, asegurando que era un niño abandonado por sus verdaderos padres y que ellos no estaban en capacidad de mantenerme. De esta forma pasé a ser oficialmente uno de esos niños de orfanato con muy pocas expectativas de conseguir una familia que se interesara en adoptarme. Las probabilidades estaban en mi contra, ya que siempre buscaban a aquellos niños que fueran pequeños y con poca o ninguna consciencia sobre su pasado. Así que fue una sorpresa para los administradores del orfanato cuando fui seleccionado para mi adopción a las dos semanas de haber sido ingresado. Oficialmente, era un niño con suerte. Esta vez se trató de una pareja: una mujer que iba en silla de ruedas mientras que su esposo la cuidaba. Dieron una buena impresión a primera vista, y en el orfanato no pusieron ninguna resistencia para que ellos se convirtieran en mis nuevos padres.

La supuesta buena suerte fue una farsa. Los años posteriores fueron un completo infierno. Pasé siete años viviendo junto con un depredador que hizo todo lo posible para convertirme en un perro sumiso. El señor Parsons no solo maltrataba físicamente a su esposa discapacitada, sino que también me trataba a mí como si fuera un esclavo cuando estaba en la casa. La única ventaja de esos años fue mi asistencia a una mediocre escuela pública en donde recibí finalmente la formación académica que mis verdaderos padres me negaron. No obstante, cuando volvía de la escuela el señor Parsons me obligaba a limpiar toda la casa dos veces por semana, me pegaba sin razón aparente y algunas noches me decía que tenía que dormir en el piso para formar mi carácter. Una noche lluviosa me negué y, retándolo, me acosté en la cama. El señor Parsons demostró todo el peso de su cólera arrastrándome fuera de la habitación y arrojándome luego fuera de la casa, cayendo justo en un charco de fango que se había formado. La instrucción fue muy clara: esa noche debía dormir afuera. Me acuartelé como pude en una zona pobremente techada del patio trasero, adonde era inevitable acabar mojándose.

Después de esa experiencia fui muy cauteloso y obedecí al señor Parsons en todo lo que me pedía. Me tapaba los oídos cuando escuchaba los golpes que le propinaba a su esposa. Entretanto, la señora Parsons no oponía ninguna resistencia a nada de lo que nos hacía. Lo más sorprendente era que cuando salía junto a su esposo, ella actuaba como si fuera dichosa, mientras él empujaba la silla con sonrisas forzadas y demostrando lo bondadosos que eran por haber adoptado a un niño «huérfano». Yo participaba de la parodia en esas ocasiones sintiéndome incapaz de rebelarme, por miedo a lo que pudiera sucederme cuando regresáramos a casa.

El matrimonio Parsons nunca se interesó en el progreso de mi educación. No obstante, mis maestros demostraron profundo interés por mi desempeño, ya que era un chico inteligente y siempre aprendía rápido las nuevas lecciones. Un par de ocasiones mandaron conmigo cartas especiales dirigidas a mis representantes para comentarles la posibilidad de buscar nuevos y mejores lugares en Vancouver en donde continuar mi educación, y así no desaprovechar mi potencial. Sin embargo, yo botaba esas cartas antes de llegar a casa. Comprendía que sería inútil conseguir que los Parsons admiraran mis logros. En cambio, me aterraba que mi padre adoptivo recibiera la noticia con desagrado y me colmara de peores castigos de los que ya me administraba por razones tontas.

Los niños abusados aprendemos que el silencio es nuestra mejor arma. Mientras pasemos más desapercibidos, mayores probabilidades tendremos de llegar al final del día sin recibir un nuevo golpe o un regaño injustificado. Nos volvemos invisibles hasta que dejamos de importar para nuestros agresores. Quizá gracias a ese talento que desarrollé, soy un buen detective, porque toda mi vida he actuado con precaución y cautela. De esta manera logré continuar mis estudios mientras seguía viviendo en la casa de los Parsons. Me mantenía encerrado en mi habitación estudiando, aunque sin pasar los cerrojos porque eso solo empeoraría las cosas si llegaban a darse cuenta. Nunca me vi envuelto en ninguna pelea o conflicto que ameritara la presencia de mis padres adoptivos en la escuela. Sin embargo, a medida que crecía me volvía una persona mucho más hostil en el trato hacia otras personas.

Cuando cumplí catorce años tuve una confrontación con el señor Parsons. No me había percatado hasta qué punto mi cuerpo se desarrolló lo suficiente hasta conseguir ser más alto y fuerte que él. Ya yo me sentía cansado de sus gritos y de sus intentos por amedrentarme, así que una noche en la cual él intentó pegarme yo intercepté su brazo. Lo apreté con fuerza y vi el terror reflejado en su mirada. En ese momento comprendí que ya era más poderoso que el señor Parsons cuando se trataba de la lucha física. Sin embargo, lo único que hice fue empujarlo y encerrarme en mi habitación, y esta vez sí pasé los cerrojos. A la mañana siguiente el señor y la señora Parsons me citaron al salón principal. Dijeron que ya no se sentían cómodos ni seguros viviendo conmigo y debía irme de inmediato. Si persistía en quedarme o intentaba volver a su casa en el futuro, ellos no dudarían en llamar a la policía. Me trataron como un delincuente juvenil cuya presencia era una amenaza.

De esta forma concluyó una de las etapas más oscuras de mi vida. En lo sucesivo ya me sentía fuerte y capaz para asumir una vida independiente. Desde temprano me vi obligado a ser una persona autónoma, con la responsabilidad de buscar mi propio sustento. Gracias a ello no hay ningún obstáculo que me parezca insalvable y que no pueda resolver con mi propia determinación. Al abandonar la casa de los Parsons no tuve miedo al trabajo duro, porque durante el tiempo en que viví junto con ellos había elaborado mi plan de vida: quería consagrarme a la justicia evitando que otros niños pasaran por las mismas experiencias que yo sufrí. En el camino de esa búsqueda se me reveló la posibilidad de volverme detective. Por lo tanto, cada vez que a mis manos llegaba un nuevo reporte relacionado con un daño o perjuicio sufrido por un niño, yo enseguida me hacía cargo. Al principio muchos de mis colegas demostraron curiosidad por mi interés particular por estos casos. Sin embargo, yo nunca les daba mayores explicaciones. Con el tiempo acabaron por desistir en los intentos por conseguir una revelación de mi parte.

Para el momento en que recibí el caso de la denuncia por la desaparición de Daniel, ya me había creado una reputación sólida y efectiva. No solo resolví casos de niños o adolescentes secuestrados, sino que también conseguí que fueran castigados padres adoptivos irresponsables y maltratadores que solo acogían niños en sus casas para complacer su sed de violencia con alguien inocente. Las denuncias de estos maltratos llegaban mediante fuentes por lo general anónimas, que en realidad eran hechas por otro miembro de la familia o algún vecino. Yo no dudaba en realizar una investigación al respecto hasta demostrar lo que para mí era evidente. Eran muchas las familias que albergaban niños abandonados para darles una vida mucho peor de la que tenían en los orfanatos.

Al leer la denuncia presentada por Diana Evans y su hermana Sheila Roberts comencé a desarrollar mi estrategia para investigar el caso. Antes que nada, necesitaba conocer mejor a la familia del niño desaparecido para establecer mis impresiones preliminares. En casos de secuestros o desapariciones, realizar un perfil de las familias era tan importante como hallar a los posibles culpables de habérselo llevado. Al investigar a fondo a las familias hallabas secretos sucios que en ocasiones te permitían descubrir a los verdaderos responsables. Por otra parte, gracias a mi agudo escrutinio, mi intención era asegurarme de que una vez recuperado el niño, este regresaría a una familia que verdaderamente lo quería. Si por el contrario encontraba huellas de maltrato por parte de sus familiares cercanos, entonces me correspondía actuar en conformidad con ese descubrimiento.

Al encargarme de una investigación de esta naturaleza yo nunca trabajaba en beneficio de los adultos. Si una denuncia caía en mis manos, eso podía llegar a convertirse en un arma de doble filo para los denunciantes. Los niños representaban la verdadera prioridad y mi deber era garantizar que regresaban a un hogar amoroso en donde fuera posible crecer sintiendo la felicidad que yo no conocí.

6

No PERDÍ ni un solo minuto para ocuparme del caso y entrar en acción. Despejé mi agenda para librarme de cualquier otra actividad que tuviera pautada para aquel día y en seguida llamé por teléfono a mi compañero, el detective Simon Chang. Lo último que supe de él aquella mañana era que se encontraba recabando información sobre una mercancía de contrabando introducida ilegalmente en la zona portuaria.

—Deja todo lo que estás haciendo —le pedí—. Tenemos un nuevo caso. Un niño desaparecido. Es probable que se trate de un secuestro.

—Yo ya terminé las pesquisas en el puerto —reveló Simon —. Justo iba camino a la comisaría para dejar mi informe.

—Perfecto —respondí—. Te espero.

Media hora más tarde, Simon y yo íbamos camino al domicilio de Diana Evans. Se trataba de una zona urbana y bulliciosa de Vancouver distinguida por la presencia de edificios de cuatro o cinco pisos. En el camino le expliqué al detective Chang los pormenores del caso, los cuales eran muy pocos. Este asintió en silencio sin manifestar un comentario imprudente como el que pudieran hacer otros de mis compañeros, quienes no ocultaban sus ganas de descubrir por qué yo me demostraba tan preocupado en la resolución de ese tipo de denuncias. Lo que me agradaba de Simon era su actitud reservada y, al mismo tiempo, afable. Siempre que fuera posible lo seleccionaba como compañero de soporte en mis investigaciones. Era uno de esos canadienses descendiente de padres asiáticos. Siempre vivió en Richmond, no muy lejos de la casa de sus padres, inmerso como ellos en la convivencia directa con otros miembros de la comunidad asiática. Sin embargo, se había integrado a la perfección a la sociedad canadiense y sus costumbres tradicionales, hasta el punto de que solo su aspecto físico denunciaba su origen étnico.

A su vez, el detective Chang se destacaba en el campo de la investigación policíaca y forense por su excelente manejo de las tecnologías. Siempre que alguien necesitaba acceder a una base de datos en línea para conseguir información, descifrar un mensaje o incluso acceder a información codificada, Simon era el hombre perfecto para resolver los problemas que se presentaran. Era un tipo metódico y disciplinado, entrenado para obedecer incluso cuando estaba en desacuerdo con la autoridad. En el trabajo de campo también daba buenos aportes si se le proporcionaban instrucciones claras y precisas. En vista de que yo solía ser impulsivo, agradecía la presencia de Chang como contrapeso. Con alguien como él de compañero de trabajo se minimizaban las posibilidades de llegar a conclusiones apresuradas o erráticas. Si bien el detective era prudente en sus opiniones, no dudaba en comunicar abiertamente sus dudas y observaciones para evitar que alguien cometiera un error.

—¿Hubo otros casos recientes? —preguntó el detective Chang después de escuchar mi reporte—. Es extraño que no hayan pedido un rescate.

—No es tan raro como parece a primera vista —aseveré—. No hay que dejar de lado otras alternativas por las cuales la desaparición de un bebé representa una oportunidad lucrativa. Existe el tráfico de niños para adopciones *express*, por ejemplo. Siempre hay alguien ansioso por tener un hijo, pero quiere saltarse las formalidades burocráticas. Y donde hay una necesidad ilícita, enseguida aparece un mercado para complacer apetencias prohibidas. En otros casos, tales «desapariciones repentinas» constituyen una consecuencia conveniente.

—¿Conveniente para quién? —preguntó Chang tras un largo minuto de reflexión—. Un bebé desaparecido representa un problema para sus secuestradores si no piden algo a cambio para devolverlo. Mientras más tiempo pasa, mayor será la exposición.

—A veces es conveniente para un miembro de la familia —puntualicé—. Te sorprendería lo que algunos padres son capaces de hacer cuando quieren deshacerse de un niño no deseado.

—No te precipites, Devon —recomendó Chang—. Aunque no son descabelladas tus teorías, no necesariamente aplican para este caso hasta no conocer mejor los detalles. El secuestro sigue siendo la alternativa más fiable para clasificar este caso por el contenido de la denuncia, independientemente de las críticas que tengas respecto a la forma en que se hizo.

—Por eso estás aquí acompañándome —repliqué sonriente—. Eres la voz de la razón.

—No te estoy desacreditando —señaló Chang mostrándose serio—. Solo que no quiero que tu interrogatorio a la madre parezca condicionado por un prejuicio.

—Me portaré bien —aseguré—. Lo prometo.

—Ahora que lo pienso, la desaparición del niño puede

tener otra explicación —conjeturó Chang—. ¿Has considerado la intervención de un psicópata? En ese caso habría que temer lo peor. He leído reportes sobre asesinos seriales de otros países cuyas víctimas son solo niños. Hoy en día no me extrañaría que Vancouver tenga también a uno de esos.

En ocasiones el humor de Chang era lúgubre y no apto para discusiones con interlocutores casuales no habituados al tipo de charlas que solíamos mantener. Costaba estar seguro si no hablaba en serio cuando parecía estar bromeando. En lo que a mí respecta, estaba acostumbrado a escuchar ese tipo de observaciones de su parte. Aunque se trataba de un tema sensible para mí, comprendía que Simon no actuaba de mala fe cuando hablaba de ese modo oscuro con tanta naturalidad. De cierta forma, quienes vivimos en Vancouver desarrollamos un gusto adquirido por el humor negro, aunque pueda parecer corrosivo y cruel para oídos foráneos.

—No descarto esa posibilidad —dije en relación con su hipótesis—. Por fortuna, creo que no estamos lidiando con un asunto tan oscuro. Diana Evans y Sheila Roberts al hacer la denuncia pidieron que el caso fuera manejado con absoluta discreción para evitar cualquier tipo de exposición mediática. Como madre y tía del niño desaparecido, es extraño que no solicitaran todos los recursos a su alcance, incluso los más desesperados, para recuperarlo.

—Eso no demuestra nada concreto —objetó Chang—. Quizá no han considerado la verdadera gravedad del asunto porque tienen esperanza de que recuperarán pronto al niño. Al paso de los días cambiarán de opinión si es que no aparece.

—Es preferible que no pase tanto tiempo para corroborarlo —afirmé—. Sus secuestradores querrán deshacerse de él si su intención no es pedir rescate. No me extrañaría que ya lo hayan hecho.

El detective Chang y yo continuamos compartiendo nuestros puntos de vista mientras conducía hacia la casa de Diana Evans. Ya que no llamé a su domicilio para confirmar que ella estaba allí, el plan consistía en aparecernos de improviso para sorprenderla. En caso de no encontrarla en su casa, esperarían su llegada para abordarla. De esta forma ella no tendría tiempo para prepararse ante la posibilidad de un interrogatorio.

—Es una urbanización agradable —observó Chang al momento de estacionarme frente a al edificio en donde vivía Diana Evans—. Sin embargo, no es ostentosa. Si fuera un secuestrador, buscaría un lugar en donde vivieran familias más acomodadas.

—En efecto —apoyé—. Otra razón para desconfiar del suicidio como móvil.

En lugar de marcar el intercomunicador del apartamento de Diana, esperamos a que alguien saliera para introducirnos. El edificio en cuestión carecía de vigilancia o recepción, por lo cual entramos inmediatamente en los ascensores. Contrario a nuestras expectativas más pesimistas, Diana Evans abrió enseguida cuando llamamos a su puerta. Al saludarla nos presentamos formalmente, exponiendo nuestros carnés de identificación.

—Pasen adelante, detectives —dijo Diana a modo de bienvenida—. No esperaba visitas.

El apartamento se mantenía en la penumbra, con apenas una luz encendida y las cortinas de las ventanas totalmente corridas. Diana no pareció contrariada por nuestra visita, aunque se mostraba tímida. Era la actitud de alguien que lamentaba no lucir más presentable. Luego me percaté de su semblante lívido y demacrado. Era una mujer blanca con facciones delicadas, por lo cual se destacaba el contraste de sus ojeras pronunciadas. Ella pidió que la siguiéramos hasta un recibidor, en donde nos mostró unas sillas en las que podíamos tomar asiento. En cambio, ella caminó hasta un sillón reclinable. Parecía fatigada y sus movimientos eran lentos, como si hiciera un tremendo esfuerzo con cada paso que daba. Al recostarse en el sillón descubrí una expresión de alivio. No necesitaba otros indicios para llegar a la conclusión de que la señorita Evans estaba extremadamente enferma.

—Si quieren tomar algo hay agua y refrescos en la refrigeradora —ofreció Diana extendiendo su brazo para señalar la cocina—. Siento mucho no comportarme como una buena anfitriona.

El resto de la visita Diana se mostró considerablemente débil para levantarse de su asiento. Su voz también denotaba el cansancio que denunciaba su cuerpo. El detective Chang la observaba con compasión, y se sentó para estar a la altura de su mirada al comprobar que ella hacía un esfuerzo doloroso para alzar su cabeza al momento de hablarnos.

—No se preocupe por nosotros —respondí ocupando otro de los asientos disponibles—. Solo venimos para hacerle unas preguntas acerca de la denuncia que hizo junto con su hermana.

—Esperaba que me trajeran buenas noticias —lamentó Diana—. Hace un rato me quedé dormida, y me despertó el timbre cuando ustedes llegaron. Me sentí tan feliz pensando que encontraría a Daniel cuando abriera la puerta. Esa felicidad me dio fuerza para abrirles. Nuevamente me hallo débil y me duele cada movimiento. Por favor, prométanme que lo encontrarán.

Diana Evans no tenía nada que ocultar, a pesar de mis reservas antes de conocerla. El detective Chang bajó la cabeza, afectado por lo que escuchó. Las palabras de Diana eran conmovedoras y me hicieron sentir un escalofrío. La desaparición de su hijo agravaría su estado de ánimo en su lucha contra el cáncer. A su vez, me preocupaba la perspectiva de que no encontráramos a su hijo antes de que fuera demasiado tarde para que ella experimentara la alegría de volverlo a ver y tenerlo entre sus brazos.

—Se lo prometemos, señora Evans —declaró Chang con un tono emotivo—. Su hijo regresará sano y salvo.

—Haremos nuestro mejor esfuerzo —intervine—. Por eso estamos evaluando todas las pistas disponibles para emplear bien los recursos a nuestro alcance.

—Ni siquiera tengo fuerzas para llorar —dijo Diana entre suspiros—. Solo siento una profunda tristeza en mi interior. Sin Daniel conmigo es mucho más difícil encontrar razones para soportar esta enfermedad. Es que si lo conocieran, comprenderían que solo una persona sin alma se atrevería a perjudicar la vida de un bebé como él. ¿Cómo pueden existir personas tan crueles? No quiero que sufra ni que le hagan daño.

—No permitiremos que Daniel sufra —indiqué—. Sin embargo, la denuncia que presentó esta mañana no es lo suficientemente clara. Necesito que me cuente con mayor detalle lo que sucedió o lo que cree que ha sucedido. ¿Cuándo fue la última vez que vio a su hijo? Sé que hace un esfuerzo tremendo al hablar. Tómese todo el tiempo que necesite para responder.

—Anteayer en la noche —explicó Diana—. Ayer en la mañana no me desperté para despedirlo. Como podrá ver, en mis condiciones resulta imposible ocuparme de Daniel sin la ayuda de alguien. Por eso mi hermana lo deja en una guardería mientras trabaja.

—Entonces, ¿se perdió en la guardería? —me aventuré a adivinar—. ¿Alguien no autorizado lo recogió?

—No entiendo lo que ocurrió —dijo Diana negando con la cabeza—. Cuando salí de la quimioterapia fui a recogerlo a bordo de un taxi porque mi hermana trabajaría hasta la noche. En la guardería me dijeron que Daniel nunca llegó ese día, ni tampoco vieron a mi hermana. Cuando la llamé ella me dijo que no llegó a entrar a la guardería. En su lugar lo dejó en la entrada con una de las encargadas.

—¿Y quién era ese encargado? —pregunté—. ¿Su hermana puede reconocerlo?

—En la guardería dijeron que ninguno de sus empleados encaja con la descripción que Sheila dio —continuó Diana—. Esa mañana ella iba de prisa porque llegaría con retraso a su trabajo. Según lo que mi hermana contó, la mujer que se encargó de Daniel se presentó como una nueva empleada. No había nada sospechoso en su aspecto, ni en su actitud. Incluso llevaba el uniforme de quienes allí trabajan. Sheila no tuvo tiempo de corroborar las credenciales de esa mujer.

—¿Eso es lo que su hermana asegura? —pregunté con suspicacia—. ¿Su hermana ha demostrado conductas descuidadas en el pasado con el cuidado de su sobrino?

—No entiendo la naturaleza de su pregunta —respondió Diana confundida—. Mi hermana es una mujer muy ocupada, pero nadie podría decir de ella que es una persona descuidada. Simplemente dejó a Daniel en manos de un encargado de la guardería confiando en lo que decía. Debería interrogar a todos los que allí trabajan.

—Hago todas las preguntas que considero necesarias —sostuve—. No es mi intención ofenderla a usted ni a su hermana. Esperamos también hablar con ella y que nos diga lo que sabe. De igual manera lo haremos en la guardería.

—Son procedimientos de rutina —alegó Chang—. Necesitamos recolectar y comparar toda la información proporcionada por quienes vieron a su hijo antes de la desaparición. Cualquier mínimo detalle es importante.

—Cada minuto que pasa temo que Daniel se halle más lejos de mí —lamentó Diana—. Quiero creer en lo que dicen y confiar en que hacen su trabajo. Ustedes son mi única esperanza. No obstante, siento que están perdiendo el tiempo sentados aquí hablando conmigo mientras se escapan los verdaderos culpables.

—Me especializo en casos como el de Daniel —recalqué—. He resuelto el noventa por ciento de ellos. Confíe en que la investigación está en buenas manos. No pretendo seguir molestándola. Tan solo tengo una última pregunta: ¿tiene contacto con el padre del niño?

La pregunta causó una reacción peculiar en Diana, quien torció su rostro mostrando una tristeza distinta a la que la embargaba. Esa reacción denunciaba una historia dolorosa que le traía amargos recuerdos.

—Daniel no conoció a su padre —sentenció—. Y nunca lo conocerá.

—No quiero que se sienta mal con mis preguntas —aclaré—. Entiendo que haya asuntos personales que usted no quiere exponer. Pese a ello, pueden ser de interés para la resolución del caso. No quiero insistir en el tema, pero necesito que me asegure si verdaderamente no existe ninguna posibilidad de que el padre del niño quisiera tener contacto con su hijo.

—Mi esposo murió el año pasado —reveló Diana—. ¿Ya está satisfecho con la respuesta? ¿O también quiere que le cuente los detalles? En eso pierden el tiempo hombres como ustedes, considerando alternativas escabrosas que no conducirán a ninguna resolución. ¿Acaso no cree que mi principal interés sea que Daniel aparezca? Mi pequeño ha sido secuestrado por unos desconocidos. Hagan su trabajo.

Pese a la debilidad de su cuerpo, Diana expresó su inconformidad con admirable autoridad. Cuando terminó de hablarme dio la impresión de que su cuerpo se relajó bruscamente, como si hubiera realizado un gran esfuerzo. Su respiración sonaba fatigada y las manos le temblaban.

—No le quitaremos más tiempo —interpuso Chang para evitar que yo continuara el interrogatorio—. Le informaremos apenas tengamos novedades sobre su hijo.

Yo correspondí la intervención de mi compañero asintiendo a sus observaciones, luego hice un ligero gesto con la cabeza para despedirme de Diana. Ella agitó débilmente la mano y volteó el rostro a un lado, tratando de disimular sus ganas de llorar. En mi interior lamentaba haberla sometido a un interrogatorio que avivara su dolor. Por desgracia, eso formaba parte de los gajes del oficio. Debía comportarme con rudeza y no demostrarme débil o compasivo ante ninguna persona cuando se trataba de llegar al fondo de la verdad.

Cuando dejamos atrás el domicilio de Diana y abordamos nuevamente el vehículo, el detective Chang rompió el silencio que se asentó entre nosotros.

—Pobre mujer. No debe quedarle mucho tiempo. Ojalá resolvamos este caso a tiempo para ella.

—Sí, lamento que deba pasar por esa experiencia, considerando su enfermedad —apoyé—. Nos corresponde apresurarnos, ya no solo por el bienestar del niño, sino por el de ella. Sin embargo, me preocupa el futuro del pequeño cuando su madre ya no esté. ¿Acaso su tía se quedará a cargo de él? La misma que actuó irresponsablemente causando este problema.

—Eres muy duro con tus juicios, agente Devon —observó Chang—. Sabes que a diferencia de otros agentes, yo nunca juzgo tus métodos, porque he sido testigo de la calidad de tu trabajo. Pese a ello, siento que te excediste un poco al interrogar a la señora Evans. Ahora estás predispuesto respecto a su hermana. Todos cometemos errores.

—Aprecio tus observaciones, estimado Chang —declaré—. No pretendo justificarme contigo, porque entiendo tu preocupación. Cada una de las preguntas que le hice a Diana Evans eran necesarias para la investigación. Bien sabes que pude haber sido mucho más agresivo. Me contuve debido a su malestar y porque era evidente que no mentía. A pesar de eso, nunca perdamos de vista que en estas situaciones el primer y a veces único inocente es el niño desaparecido.

—El niño es nuestra principal preocupación —aceptó Chang—. Solo te recomiendo que seas menos apasionado a la hora de abordar a los testigos. Recuperar al bebé es nuestra prioridad, pero nadie es culpable hasta que existan pruebas incriminatorias.

—Lo intentaré —prometí—. Será un largo día. Nos quedan otros interrogatorios por delante.

7

EL SIGUIENTE NOMBRE en nuestra lista de interrogatorios para aquel día era Sheila Roberts. Según lo declarado por su hermana Diana, ella fue la última persona conocida que tuvo contacto con Daniel. En vista de que desde la guardería le insistieron a la madre que su hijo nunca llegó, oficialmente fue Sheila quien vio a Daniel antes de su desaparición. Mi idea era comprobar y comparar los testimonios de las hermanas antes de interrogar a otras personas, como al personal de la guardería.

Mientras conducía, el detective Chang usaba su tableta para extraer la información disponible en Internet que hubiera sobre nuestra próxima interrogada. Gracias a la pericia de mi compañero supimos que Sheila era abogada y también descubrimos la firma donde trabajaba. Fue así como también nos enteramos de que ella ostentaba una posición alta en la directiva. De igual manera, no resultó difícil descubrir la excelente reputación que la caracterizaba como una de las mejores abogadas mercantiles de Vancouver. Dicha información me pareció relevante para nuestra investigación porque ofrecía un posible perfil del nivel socioeconómico de la familia del niño desaparecido.

—Podrían pagar un rescate —indicó Chang como si hubiera leído mis propios pensamientos al respecto—. Entonces no deberíamos descartar que se trate de un secuestro, tal como la madre lo denunció. Por lo tanto, eso debilita la otra alternativa que contemplaste al principio: un abandono premeditado. Generalmente eso sucede cuando los padres no pueden mantener a sus hijos.

—No quiero descartar ningún escenario todavía —indiqué—. Ciertamente, para un secuestrador un niño como Daniel representa una oportunidad de sacarle dinero a una mujer en la posición de Sheila Roberts. De cualquier manera, mientras los secuestradores no la contacten, sigue siendo una hipótesis. Preferiría que permaneciéramos abiertos a otros análisis.

—¿Crees que alguien está mintiendo? —se arriesgó a preguntar mi compañero—. No creo que una mujer como Diana quisiera abandonar a su hijo. Debido a su enfermedad, querrá disfrutar de su compañía todo el tiempo que le quede. Y en el caso de que ella muera, su tía se hará cargo del niño. No tiene hijos, y mantenerlo no representaría un problema económico para ella.

—Creo plenamente en el dolor que siente la madre —subrayé—. Aun así, prefiero escuchar lo que la tía del niño tiene por decir en defensa de su descuido. Ella podrá tener dinero para mantener al bebé en el caso de que su hermana no este, de acuerdo. Eso no necesariamente significa que ella quiera aceptar esa responsabilidad o se encuentre apta para hacerlo. En lo personal, no confiaría el cuidado de un niño a alguien tan negligente como para dejárselo a cargo de una desconocida a la menor oportunidad.

—Es mejor que seas más cauteloso antes de hacer ese tipo

de declaraciones —repuso Chang—. No queremos que Servicios Sociales se meta en este asunto y les quiten al niño cuando aparezca.

—El futuro de esa criatura está en juego —recalqué—. No solo en cuanto a su desaparición. Si llegamos a recuperarlo, y espero que lo logremos, será devuelto a un hogar donde lamentablemente estará próximo a quedarse huérfano. Sería conveniente asegurarse de que habrá un buen futuro para él después de eso.

—Esa no es nuestra responsabilidad, George —interpuso Chang llamándome por mi nombre de pila, lo cual era inusual —. Nuestro trabajo es resolver casos criminales. No podemos arreglar todos los hogares fallidos que encontremos en el camino.

—Soy consciente de ello —masculló—. He visto muchas cosas terribles en esta profesión. No quiero que también este inocente forme parte de las estadísticas terribles que ya conocemos.

El domicilio de la señorita Roberts no estaba lejos del apartamento donde vivía Diana. Sin embargo, considerando la hora, supuse que no la hallaríamos en su casa. El detective Chang y yo decidimos que nos convendría presentarnos en su oficina, la cual se hallaba ubicada en la parte conocida como la zona financiera de Vancouver. Allí el tráfico era mucho mayor, y tuvimos que dejar el automóvil en un estacionamiento para seguidamente caminar hasta el edificio de oficinas donde trabajaba nuestra próxima candidata a ser interrogada.

Acceder al edificio fue problemático y no nos quedó más remedio que mostrar nuestras credenciales en la oficina de información de la planta baja. El encargado en cuestión nos miró con curiosidad e intentó extraernos más información sobre la naturaleza de nuestra presencia allí. Parecía interesado en saber la razón y a quién veníamos a visitar.

—Vamos al tercer piso —señalé vagamente—. Y es un asunto privado.

La autoridad de mi voz le inspiró miedo a seguir haciendo preguntas, y nos dejó pasar. Ya en el piso correcto pasamos por la recepción que se correspondía directamente con la oficina donde trabajaba Sheila. A nuestro alrededor pasaban de largo diversos hombres y mujeres con indumentaria ejecutiva. En contraste, nosotros íbamos vestidos con chaquetas de cuero y *blue jean*, presentando un aspecto llamativo para cualquiera que nos viera dentro de ese peculiar contexto. La recepcionista nos miró de arriba abajo, pero luego se puso rígida cuando le extendimos nuestras respectivas identificaciones de detectives y le preguntamos dónde podríamos hallar a Sheila.

—La señorita Roberts está muy ocupada —dijo la recepcionista—. La llamaré para ver si puede atenderlos en este momento. Si me pregunta la razón de esta visita, ¿qué debería decirle?

—Ella debería saber —respondí—. Pero dígale que es un asunto importante. Se trata de su sobrino.

La recepcionista parecía sumamente intrigada por nuestra respuesta. No tardó en hacer la llamada prometida y darnos la instrucción que recibió por parte de su jefa.

—La señorita Roberts se encuentra atendiendo a un cliente —refirió la empleada—. Me ha pedido que establezcan conmigo un horario de cita para verla mañana.

—Dígale que no se tome tantas molestias —expresé sin disimular la sonrisa cínica que me causó la respuesta—. La esperaremos todo el tiempo que sea necesario. Vamos a sentarnos, detective Chang. Sospecho que la espera será larga.

Mi compañero y yo acordamos que no saldríamos del edificio hasta no haber conocido a Sheila y aclarar con ella todas las dudas que nos embargaban. De lo contrario no podríamos tomar el siguiente paso a seguir en la investigación. Por lo tanto, no nos detendría el fastidio por tener que esperarla, si con ello pretendía que nos fuéramos. Dicho gesto de su parte incrementó mi suspicacia inicial hacia ella. Conociendo la gravedad del asunto por el cual requeríamos su presencia, resultaba ilógico que incluso quisiera aplazar nuestra visita para el día siguiente. ¿Acaso no le interesaba acelerar su búsqueda ofreciendo su disposición a contribuir con la investigación?

Chang y yo permanecimos sentados durante al menos una hora y media, durante la cual nos distraíamos viendo a los ejecutivos que por allí transitaban. A veces compartíamos algún comentario casual, intentando olvidar el hecho de que teníamos hambre, pues hacía rato que quedó atrás la hora de almuerzo. En todo ese tiempo la recepcionista fingió ignorarnos, hasta que recibió una llamada con nuevas instrucciones por parte de su jefa.

—La señorita Roberts dice que ya pueden entrar a su oficina —anunció con un tono ceremonioso—. Al fondo del pasillo, la última oficina de la derecha.

Los músculos de nuestras piernas ya estaban entumecidos, y con pesadez seguimos las indicaciones de la recepcionista. La puerta de la oficina en cuestión ya estaba abierta. Dentro de ella, Sheila estaba sentada detrás de su escritorio, con la espalda erguida y el cuello alzado. Ni siquiera se puso de pie para saludarnos, y en su lugar hizo un gesto con la mano para que tomáramos asiento, no sin antes pedirnos que cerráramos la puerta detrás de nosotros.

—Lamento mucho que esperaran tanto tiempo —se disculpó Sheila con una actitud rígida tras las presentaciones

64

de costumbre—. Supongo que se habrán fastidiado muchísimo. Por eso sugerí que pidieran una cita para atenderlos mañana a primera hora. Ya veo que son una excepción entre los oficiales. Ustedes no toman el camino de la pereza.

—Entonces debe conocer muy pocos oficiales de Vancouver, señorita Roberts —contradije con leve ironía—. De ser así, sabría que nos esforzamos al máximo para que esta ciudad no sea un basurero. Y no tardaría en convertirse en uno si nos descuidamos.

—Solo bromeaba, detective —aclaró Sheila—. Simplemente me complace que se tomen en serio su trabajo. Supongo que es un signo de confianza que hayamos aceptado que el caso lo manejen detectives adscritos a las autoridades gubernamentales en lugar de contratar a un detective privado.

—Agradecemos la confianza —subrayé—. Le aseguro que la investigación para hallar a su sobrino se encuentra en las mejores manos. Le convendrá reunir el dinero por si acaso hay un pedido de rescate.

—Espero que su trabajo sea lo suficientemente bueno para que eso no sea necesario —continuó Sheila—. Cuéntenme cómo van sus progresos. A eso han venido, ¿no es así? ¿Consiguieron alguna pista?

—Primero estamos recopilando testimonios —explicó Chang mostrándose más amable que yo—. Venimos de interrogar a su hermana. Sin duda, se encuentra muy afectada. Desconocíamos que estuviera enferma. Lamentamos que ahora tenga que sufrir la desaparición de su único hijo. Ahora más que nunca nos comprometemos a recuperarlo.

—A veces las desgracias vienen una detrás de la otra —sentenció Sheila impasible—. Tiene cáncer en los ovarios. Los médicos nos dan pocas esperanzas. En lo sucesivo les sugiero que se comuniquen primero conmigo para compartir la información en torno a la investigación, antes de contársela a ella. No quiero que esto afecte sus tratamientos.

—No somos detectives privados —le recordé—. Solo nuestras autoridades pueden darnos instrucciones sobre cómo difundiremos la información. De cualquier manera, hemos venido para interrogarla a usted tal y como lo hicimos con su hermana.

—Según lo que la señorita Evans nos dijo, usted es la testigo más importante para avanzar en esta investigación —intervino Chang—. Necesitamos que nos cuente todo lo que recuerde sobre ese día, específicamente, todo lo que parezca relevante en relación a su sobrino. De igual manera, si tiene alguna opinión o sugerencia, o ha recordado algún detalle que olvidó el día de la denuncia, no dude en comunicarlo. Incluso lo que parezca menos importante puede llegar a ser crucial para encontrar al niño.

—Mi hermana debe haberles contado todo lo que sé —refirió Sheila—. Llevé a Daniel hasta la guardería, como suelo hacerlo dos o tres veces a la semana, dependiendo del horario de quimioterapias que reciba mi hermana. Nada fuera de lo normal, solo que lo dejé en manos de una mujer que aparentemente no trabajaba allí. Ella llevaba el uniforme y aseguró ser una nueva empleada.

—Eso fue lo que nos dijo su hermana —aceptó Chang—. Sin embargo, esa acción inevitablemente nos inspira a hacernos preguntas. De antemano le advertimos que esto es un interrogatorio de rutina. No se lo tome a mal.

—¿Usted acostumbra dejar a su sobrino en las puertas de la guardería? —pregunté—. Es decir, lo deja siempre en manos de alguien más sin entrar.

—Yo necesitaba llegar a tiempo para una reunión —recalcó Sheila—. Fue un descuido fatal de mi parte, lo reconozco, pero ¿cómo iba a saber que estaba hablando con una secuestradora? Por lo general entro a la guardería. En esta ocasión me dejé llevar por la ansiedad del momento.

—¿Por lo general? —repetí a modo de pregunta—. Es decir, que no es la primera vez que se lo deja a un encargado sin verificar.

—No puedo recordar cada vez que lo he hecho —se defendió Sheila—. Supongo que en ocasiones considero que es más práctico dejarlo en manos de las personas encargadas. Para eso están debidamente identificadas con su uniforme. ¿Qué intenta demostrar? Me preocupo por mi sobrino, pero soy una persona práctica. No me la paso desconfiando de todo el mundo. ¿Por qué no hacen un interrogatorio en la guardería?

—Por supuesto que lo haremos —repuso Chang—. Pero necesitamos primero los detalles de su testimonio antes de hablar con los encargados y empleados del lugar. ¿Podría describirme a la mujer que recibió el bebé de sus manos?

—Tengo un recuerdo muy vago de ella —describió Sheila—. Era una mujer blanca más baja que yo. No era delgada. Aunque tampoco diría que fuera gorda. Tenía un rostro afable y sospecho que todavía no ha cumplido los treinta. Su cabello era alborotado y voluminoso. Castaño claro o quizá rojizo, no estoy segura. Luego descubrimos que en la guardería ninguna de las fotos de los empleados se parece a la que se llevó a Daniel. Eso es todo lo que sé.

—¿Y no se le ocurre nada extra que pueda decirnos? —insistí—. Algo sobre lo que hizo antes de llegar a la guardería. O incluso los días previos.

—Soy una persona de rutinas —enfatizó Sheila—. No recuerdo nada irregular que haya sido distinto a como suelo experimentar mi día a día.

—¿Usted o su hermana tienen algún enemigo? —

preguntó Chang—. Es decir, alguien que quisiera hacerles daño a través del niño.

Sheila se quedó en silencio, meditando la pregunta. Negó con la cabeza.

—No lo creo —respondió Sheila—. Mi hermana y yo no conocemos a muchas personas. Tenemos vidas normales. Comparto su opinión de que ha sido un secuestro. Quizá haya una banda que aparece en colegios y guarderías para robar niños. Les queda un difícil trabajo por delante.

—Difícil, aunque no imposible —corregí—. No tenga la menor duda de que conseguiremos a su sobrino, y su madre volverá a verlo.

—Es admirable su compromiso —alabó Sheila mirándome fijamente a los ojos—. Pero creo que no avanzarán en la búsqueda mientras sigan en mi oficina.

—Gracias por su colaboración, señorita Roberts —dijo Chang remarcando la despedida—. Seguiremos en contacto.

Si bien había otras preguntas que me habría gustado hacerle a la abogada, era evidente que ella no quería seguir hablando con nosotros. Por lo que a ella tocaba, sentí que mi paciencia había sido colmada. Me desagradaba que su actitud arrogante y autosuficiente no denotara ninguna verdadera preocupación por la desaparición del niño o la angustia de su hermana. Quien no supiera lo que ocurría en su vida, no sospecharía en lo más mínimo que Sheila tenía una hermana muriendo de cáncer y un sobrino desaparecido por presunto secuestro.

Estas fueron las impresiones que compartí con Chang cuando salimos de allí de vuelta al coche. El detective asentía coincidiendo en mis opiniones, aunque mostrándose mucho más comprensivo respecto a la actitud de Sheila.

—No todos reaccionan de la misma manera ante las desgracias —opinó Chang—. Parece el tipo de mujer que ha aprendido a hacerse dura para poder imponer su autoridad en el trabajo que hace. Aun así, tienes razón en el hecho de que no parece muy colaborativa con nuestra investigación.

—A eso me refiero —recalqué—. En algún momento me dio la impresión de que no nos creía capaces de hallar al niño. En fin, trataré de no dejarme llevar por mis prejuicios. Debemos volver a la comisaría para actualizar el reporte.

8

EL REGRESO a la comisaría fue rápido, comparado con el tiempo que invertimos esperando a Sheila en su oficina. Inmediatamente procedimos a revisar el informe que comencé a escribir cuando acepté el caso, para en seguida expandirlo con lo poco que recogimos a partir de los testimonios de las hermanas. Nuestra intención era entregárselo a nuestro inspector jefe, Leonard Grandville, antes de dar por terminada la jornada de trabajo.

Para el momento en que salimos a hacer los interrogatorios, no nos dio tiempo de investigar todo lo que estuviera disponible en Internet sobre Diana y Sheila, así como a escudriñar información de interés en las distintas bases de datos de la ciudad a las cuales estábamos autorizados a acceder gracias a nuestro trabajo. Simon se puso manos a la obra para extraer esa información en el menor tiempo posible, y me fue dictando cada uno de los hallazgos que desconocíamos: ambas hermanas nacieron y fueron criadas en la Costa Este de Estados Unidos, aunque el padre de ellas era un nativo canadiense. Sheila era una mujer brillante en el ámbito profesional, dadas sus credenciales. Obtuvo una licenciatura en derecho en Harvard, pese a ello se mudó a la Costa Oeste de Canadá al principio de su carrera. Si bien se formó en Derecho penal, tomó cursos adicionales en Derecho corporativo y mercantil, que pronto le ganaron un puesto en una firma legal distinguida en Vancouver, la que habíamos visitado. En cambio, no hallamos ningún registro de Diana Evans en ninguna universidad. Su grado de estudio se limitaba a haber culminado la escuela secundaria.

Desde hace quince años Sheila vivía en la ciudad. No se había casado en ese tiempo, a diferencia de Diana Evans, que llevaba el apellido de su esposo. Ambos contrajeron matrimonio tres años atrás. Su llegada a Vancouver fue recién marcada cronológicamente después de la muerte de su esposo y antes del nacimiento de su hijo, en conformidad con los respectivos obituarios y la partida de nacimiento conseguidos en la red. Supusimos que la enfermedad le hizo tomar la decisión de vivir cerca de su hermana, al mismo tiempo que pudiera recibir los cuidados médicos que demandaba su cáncer en un país donde los tratamientos serían menos costosos. El detective Chang supo introducirse en los registros médicos de Vancouver para saber dónde estaba registrada como paciente. En efecto, estaba aprovechando programas de salud gratuitos y subsidiados para recuperarse. A la luz de esos datos, nos extrañó que Diana decidiera pagar el alquiler de un apartamento en lugar de vivir directamente junto con su hermana.

—¿Crees que haya alguna disputa entre las hermanas? —pregunté expresando en voz alta mis suposiciones—. No parece práctico desde un punto de vista económico que vivan en distintos lugares, incluso si están muy cerca.

—Todas las familias tienen sus roces —reflexionó Chang

—. Si hay algún disentimiento entre ellas, no tardaremos en comprobarlo en el curso de la investigación.

El informe estaba listo a tiempo para la llegada del inspector jefe, quien se apareció en la comisaría media hora más tarde. Grandville leyó el reporte en silencio con el ceño fruncido, mientras nosotros permanecimos atentos esperando sus comentarios. El inspector era un hombre robusto de cincuenta y cuatro años de edad y de aspecto rudo, lo cual era remarcado por su voz grave, que se escuchaba con fuerza en todo un recinto al momento de dar una orden. Nos mantuvimos de pie, consciente de que a él le desagradaba que sus empleados se sentaran en su oficina.

Grandville también era militar, con un pasado reconocido en el Ejército. Debido a ello trataba a todos sus empleados como si fueran soldados subalternos bajo su mando. A muchos detectives les costaba acostumbrarse a sus maneras, porque en su presencia la comisaría se convertía instantáneamente en un cuartel de entrenamiento. En la parte buena, en el ejercicio de su labor como inspector jefe, era un hombre organizado que nunca se le escapaba un simple detalle. En mi opinión era el tipo de persona idónea para tomar decisiones difíciles y dar la cara en nombre de quienes trabajamos para él.

—Es poco lo que tenemos —refirió el inspector al terminar la lectura del informe—. Veo que no han hecho interrogatorios en la guardería. Ese es el siguiente paso natural a seguir, a falta de una pista mejor.

—Sí, eso haremos —respondí—. Nos pareció que era preferible interrogar primero a las hermanas antes de buscar declaraciones fuera del núcleo familiar. Todo el día se nos fue en la espera de ser atendidos por la señorita Roberts.

—Y técnicamente ella fue la última persona conocida que tuvo contacto con el bebé —agregó Chang—. Mañana confirmaremos la información en la guardería, pero Sheila insiste en que no entró y dejó al niño con una supuesta encargada, tal como lo describimos en el informe. El niño nunca fue visto en la guardería el día de su desaparición y esa empleada no trabaja para ellos.

—¿Y se mostró receptiva con el interrogatorio? —preguntó Grandville—. Por lo que leo, es muy poco lo que dijo que no estuviera referido en la denuncia original.

—En comparación, la madre fue más comunicativa —apunté—. Incluso a pesar de su enfermedad. Evidentemente está desesperada, porque teme lo peor. Además es posible que sienta estar perdiéndose los últimos momentos que puede compartir junto con su hijo.

—No debería estar pasando por una situación así —expresó Grandville mostrándose compasivo—. ¿La señorita Roberts también lucía preocupada?

—Hay impresiones que no quise poner en el informe —introduje antes de responder—. Además de la predisposición a deshacerse rápido de nuestro interrogatorio, una de esas impresiones es el hecho de que Sheila Roberts no lucía afectada por la desaparición de su sobrino, ni tampoco remordida por la culpa de haberlo perdido. Incluso me pareció que creía poco fiable la posibilidad de que pudiéramos encontrarlo. Por supuesto, es solo una percepción de mi parte.

El detective Chang bajó la cabeza al escuchar que me atreví a decirle mis opiniones personales respecto a Sheila. Supuse que desaprobaba que lo hubiera hecho. En otras circunstancias yo habría evitado exponer conjeturas sin una base más fiable que mi propia subjetividad. No obstante, sentí el impulso de confiarle al inspector mi punto de vista, ya que lo preguntaba directamente. El inspector se puso de pie y caminó de un lado a otro con una expresión pensativa. Luego se puso frente al detective Chang con esa típica actitud de entrenador que lo distinguía.

—¿Y qué opina usted, detective Chang? —preguntó Grandville después de mi exposición—. ¿También tiene impresiones que compartir? ¿O coincide con lo expresado por su compañero?

—Confío en el instinto del detective Devon —puntualizó Chang—. De cualquier manera, mi mayor preocupación es que no tengamos suficientes pistas para conducir la investigación hacia una conclusión satisfactoria, y en cambio perdamos el tiempo en conjeturas.

—Pues yo también confío en el detective Devon —aseguró Grandville mirándome de reojo mientras le hablaba a mi compañero—. Y al mismo tiempo comparto las preocupaciones que refiere. No nos quedan muchas alternativas más allá de las conjeturas lúcidas del detective. Antes que nada, investiguen la guardería, entrevisten a cualquiera que haya visto a Sheila con el niño ese día y hagan preguntas sobre cómo otras personas perciben su comportamiento general hacia su sobrino.

—De acuerdo —acepté—. Le puedo preguntar cuál es su impresión general hasta ahora, según su experiencia. Así como usted confía en mi instinto, yo también respeto mucho sus opiniones.

—Creo que la clave está en Sheila Roberts —replicó Grandville—. Por eso pienso que también deberíamos solicitar su presencia en la comisaría, pidiéndole que asista a una «entrevista formal». Procuremos no alarmarla.

—Me parece una excelente idea —celebré—. Veo que compartimos una misma opinión, aunque por poco no me atrevía a manifestarla.

—Me tomaré la molestia de hacer más transparente esa opinión, ya que lo subraya —precisó Grandville—. A partir de ahora consideremos a Sheila como la principal sospechosa de la desaparición de Daniel Evans, hasta que se demuestre lo contrario.

El detective Chang pareció sorprendido por la determinación de Grandville a compartir mis conjeturas y convertirlas en la base formal para la siguiente fase de la investigación. Para mí fue un triunfo personal constatar que mis opiniones eran altamente valoradas por nuestro jefe inmediato. Gracias a ello tendríamos mayor libertad para obrar sin correr el peligro de estar actuando sin autorización. Por su parte, la posición manifestada por el inspector jefe evitaría que Chang creyera en lo sucesivo que actuábamos influenciados exclusivamente por mi mera subjetividad.

Por supuesto, era evidente que caminábamos por un terreno resbaladizo. No existía ninguna prueba fiable para confirmar la certeza de que Sheila Roberts había secuestrado a su sobrino o colaborado conscientemente en su desaparición. Debíamos actuar con extrema cautela porque una mujer como ella, amparada por la impecable reputación de su profesión, usaría todos los recursos legales y contactos fácilmente a su alcance para detenernos. Nada de eso me amedrentaba ni mucho menos me detendría. Más bien, todo lo contrario, porque cada vez que consiguiera detener a una persona capaz de hacerle daño a un inocente, eso significaba mi propio triunfo personal en la lucha contra personas malvadas, hipócritas y oportunistas como lo fueron mi padre o el señor Parsons.

9

CONFORME a las órdenes dadas por el inspector Grandville, enseguida nos dispusimos a continuar con la investigación sin dejar a un lado las pesquisas en la guardería. Si nos guiábamos por el testimonio de su tía, técnicamente Daniel no llegó a entrar al lugar. No obstante, presuntamente fue recogido en la entrada por la mujer descrita por Sheila. De cualquier manera, seguía siendo fundamental realizar interrogatorios entre quienes trabajaban allí para recolectar mayores pistas que aclararan el misterio tras la desaparición del niño. Bien sabido era que en los casos de secuestros las personas involucradas planean su crimen con antelación, por lo cual necesitan conocer primero a la víctima y sus rutinas. Si Daniel era dejado en la guardería con frecuencia, merecía la pena comprobar las identidades de quienes solían tener contacto diario con él mientras era cuidado, porque quizá alguno de ellos era cómplice o perpetrador directo del secuestro.

El problema era que oficialmente Sheila Roberts ahora estaba siendo investigada como principal sospechosa de la desaparición de su sobrino. Debido a ello no nos fiábamos de sus declaraciones. Pese a ello, nos daban un punto de partida para conseguir un flanco débil que nos condujera hacia una evidencia concluyente para culparla. Además estaríamos llevando la delantera si pretendíamos seguir investigando el secuestro del niño en conformidad con la denuncia de sus familiares porque, gracias a ello, Sheila no se pondría sobre aviso respecto a nuestras conjeturas en torno a su implicación.

Aunque el inspector y yo estábamos convencidos de que Sheila era la clave para resolver el caso, Simon se mostraba escéptico antes de considerarla culpable. A él le parecía increíble que una mujer les hiciera eso a su hermana y su sobrino sin ningún tipo de remordimiento. Yo comprendía su posición frente a mis sospechas. Mi compañero provenía de una familia unida, donde era inconcebible el daño en contra de alguien con quien se compartía la misma sangre. Sin embargo, obedeció las instrucciones de Grandville sin rechistar y respetó mi punto de vista. Por lo tanto, tras salir del despacho del inspector, el detective Chang empleó todo su talento como manitas de las computadoras para extraer toda la información que existiera disponible sobre la guardería y sus empleados.

No tardé en recibir una lista de nombres, identificaciones, domicilios, registros y demás datos de interés sobre cada una de las personas que trabajaba en la guardería. Así me enteré que la directora del centro era una señora de sesenta años llamada Lydia Lionel. Ella no solo presidía el centro, sino que también era la dueña de las instalaciones. Desde que murió su esposo, cinco años atrás, la viuda era la única responsable legal de la guardería. No tenía hijos y había fundado el lugar junto con su marido hace veinte años. En ese tiempo se convirtió en uno de los centros infantiles con mejor reputación en Vancouver. Nunca antes en el pasado de la guardería se había registrado ningún problema legal. No existían denuncias en contra de las instalaciones e incluso los impuestos estaban en regla. La primera y única vez en que la guardería de la señora Lionel aparecía en algún registro policial fue gracias a la reciente denuncia.

—A la directora no debe hacerle gracia —señalé—. Es el tipo de mancha que ninguna guardería querría tener. Debemos aprovechar esa ventaja.

—¿En qué sentido nos favorece? —cuestionó Chang—. No te sigo.

—Estimo que la señora Lionel se sentirá muy disgustada por la denuncia —expliqué—. Por ello, con toda seguridad nos prestará total colaboración para aclarar el malentendido que ha generado la señorita Roberts.

—O descubriremos si hay manzanas podridas entre sus empleados —afirmó Chang—. Aunque si la reputación de la guardería es tan limpia como señalan sus expedientes, ciertamente la dueña se esforzará en que eso no cambie.

Una vez organizada la información sobre la guardería procedimos a visitarla para corroborar los datos que ya teníamos y añadir cualquier nuevo reporte que consideráramos relevante. La señora Lydia Lionel nos recibió con una actitud amable, mostrándose colaboradora con la investigación. Antes de proceder a interrogarla nos paseó por las instalaciones, sin un asomo de nerviosismo en su actitud.

La guardería constaba de una sola planta con dos partes diferenciadas. El sector más grande correspondía al lugar donde los niños pasaban sus tardes: una zona amplia para actividades y juegos, otra de descanso y un comedor. La otra parte de la guardería la ocupaban los baños, el despacho de la directora, un pequeño salón de reuniones y un cuarto de limpieza. A medida que recorríamos el lugar, Lydia no escatimaba detalles sobre la naturaleza del trabajo que desempeñaba. Al hablar parecía muy orgullosa de lo que allí se hacía. Se mostraba absolutamente segura de que en su guardería no había nada que ocultar y se esforzaba en darnos una buena impresión.

—Construí este lugar junto con mi esposo —resaltó Lydia —. Robert y yo no pudimos tener hijos. Al principio temimos que eso nos separaría. Pero decidimos crear un sitio donde cuidáramos a los hijos de otros. Siento que, a lo largo de los años, he tenido muchos hijos, cuidando a tantos niños de la ciudad, por lo cual no resiento no haber tenido ninguno propio.

Lydia nos conquistó con su simpatía. Tanto para Simon como para mí fue un placer escuchar cuánto significaba para ella dicho lugar. Personalmente, me sentí agradado por su compromiso a la hora de crear un sitio donde los niños se sintieran a gusto antes de ser recogidos por sus padres. Al entrar a su despacho procedimos formalmente a interrogarla, aunque evitamos que se sintiera intimidada. Queríamos que continuara hablando con la franqueza que demostró desde que nos recibió.

—Supongo que estará al tanto del contenido de la denuncia —empecé—. Aunque el secuestro reportado no ocurrió exactamente dentro de las instalaciones, la señorita Roberts insiste en haberlo dejado en la entrada con una empleada suya. Incluso aseguró que esa persona llevaba el uniforme del lugar.

—Yo estoy muy sorprendida por ese suceso —aseguró Lydia entristecida—. En los veinte años que he trabajado aquí es la primera vez que le sucede algo a un niño. Lamento que eso le haya sucedido a un inocente como Daniel. Estoy dispuesta a colaborar en todo lo que necesiten. Soy la principal interesada en que se aclare cualquier malentendido que perjudique el trabajo que he hecho durante la mitad de mi vida.

—Disponemos de la información de sus empleados —señalé—. Queremos que compruebe la lista que hemos creado y si tienen los datos correctos. ¿Ha realizado una investigación interna?

—Toda la información es exacta —confirmó Lydia tras repasar la lista que le extendí—. He hablado con cada uno de mis empleados, tanto con los que vinieron a trabajar ese día como con quienes no. Con ello me refiero a todos los que forman parte de la nómina: cuidadores, personal de limpieza y algunos técnicos que hacen mantenimiento mensual. Como verá, no somos muchas personas.

—¿Y qué le dijeron? —pregunté—. ¿Tienen alguna idea de lo que pudo haber sucedido?

—Ninguno tuvo contacto con Sheila en la guardería ese día —refirió—. Sin embargo, una de mis cuidadoras asegura haber visto a la señorita Roberts en un Starbucks aquella mañana.

Esta información despertó mi interés de inmediato. Así que le pedí a Lydia que fuera más específica al respecto.

—A Érika no le tocaba trabajar ese día —prosiguió Lydia—. Cuando la llamé para contarle lo sucedido me dijo que vio a Sheila esa mañana en la fila para comprar del Starbucks. Érika estaba sentada en una de las mesas, desayunando junto a una amiga. Afirma también que se fue del establecimiento inmediatamente después de adquirir su compra. Llevaba un coche consigo.

Tras escuchar dicha anécdota, enseguida pensé que resultaba relevante a la luz de la investigación, aunque todavía no fuera capaz de precisar el porqué. Lydia nos ofreció el número telefónico de su empleada y la llamamos allí mismo para que nos dijera la dirección del Starbucks donde ocurrió eso. Érika no puso ninguna objeción, agregando unos pocos detalles: Sheila no se dio cuenta de su presencia y estimó que eran las 9:00 a. m. cuando la vio entrar a la cafetería. Por lo tanto, eso sucedió dos horas antes de la supuesta entrega del niño en la entrada de la guardería.

—Tenemos otras preguntas para usted —le dije a Lydia luego de colgar la llamada con Érika—. Me gustaría que me hablara sobre Sheila Roberts. Cualquier impresión que tenga sobre ella en el tiempo que lleva conociéndola.

El detective Chang se mantenía silencioso, aunque sentí su mirada reprobatoria sobre mí cuando le hice esta petición a Lydia. A sus ojos, daba la impresión de que estaba sugestionando a mi interrogada para que dijera lo que yo quería escuchar.

—No hemos tenido mucho contacto —precisó Lydia—. Es una mujer extremadamente ocupada. No es el tipo de persona que se conceda tiempo para socializar con la dueña de una guardería como yo. Lo positivo que puedo decir de ella es sobre la puntualidad en sus pagos. Sobre el resto, no me gustaría hacer observaciones que podrían considerarse injustas, ya que no la conozco lo suficiente.

—Al contrario, estoy interesado en sus impresiones —la animé—. Usted tiene la experiencia de alguien que ha trabajado con niños, pero también en ese tiempo debe haber lidiado con distintos tipos de padres y representantes. Por eso me gustaría saber qué piensa de Sheila y la relación con su sobrino.

—Me parece una mujer excesivamente fría —describió Lydia tras unos segundos de duda—. Nunca hace preguntas sobre su sobrino. Simplemente se limita a dejarlo o recogerlo. A veces me da la impresión de que le molesta tener que asumir tal obligación.

—Gracias por su honestidad —correspondí—. Ha sido

una visita útil para nosotros. Continuaremos contactando al resto de su personal. Este es un lugar que merece ser protegido.

—Tengo otra pregunta para Lydia antes de irnos —soltó de pronto Simon tomándome desprevenido—. Usted dijo que habló con todos los empleados que forman parte de su nómina. De pronto me llamó la atención esa especificación. ¿Existen personas fuera de nómina que hayan realizado algún servicio para la guardería recientemente?

El detective Chang había realizado una excelente pregunta. Incluso yo quedé sorprendido por no habérseme ocurrido antes.

—Sí, hay dos personas que había olvidado —dijo Lydia —. Hay una pareja que ha hecho trabajos ocasionales para la guardería como conductores. Cuando quiero llevar a los niños al parque o a alguna excursión, los hemos llamado para que nos hagan el transporte porque tienen una furgoneta. La última vez que hicimos un paseo con ellos fue hace dos meses. Ni siquiera recuerdo cómo se llaman. Revisaré el directorio.

Mientras Lydia buscaba la información nos describió en qué consistían las excursiones. Estas requieren la autorización previa de los representantes y la colaboración de algunos de ellos para acompañarlos. Se trataba de una actividad que realizaban solo tres o cuatro veces al año. Si los niños no eran autorizados a formar parte del paseo o eran todavía muy pequeños, entonces se quedaban en la guardería, donde siempre habría personal disponible para encargarse de ellos mientras el resto disfrutaba de la excursión.

—Aquí están sus nombres y teléfonos —exclamó Lydia pasándonos una ficha—. Me he quedado en el pasado, lo sé. Ni siquiera sé cómo usar un teléfono inteligente. Ahí está toda la información que tengo sobre ellos.

—Harold Findlay y Elizabeth Andreas —leyó el detective

Chang—. Veo que solo tiene registrados sus números telefónicos. ¿No anotó la dirección del domicilio?

—No me pareció relevante pedirles esa información — explicó Lydia—. Solo nos ofrecen un servicio esporádico.

—¿Y estas personas usan el uniforme de la guardería? — insistió Chang—. ¿Los llevan puestos cuando suceden estos paseos?

—No, a ellos no les he dado uniforme —aclaró Lydia—. No me pareció un gasto pertinente. En cualquier momento podría contratar a otros conductores.

—No se preocupe, señora Lionel —la excusé—. Nosotros nos encargaremos de averiguar el resto.

—Espero que consigan pronto al culpable —recalcó Lydia —. Daniel es un bebé adorable. Compadezco tanto a su madre. Estaré rezando para que aparezca.

Tras despedirnos de Lydia regresamos al automóvil. Mi compañero se mostraba meditabundo mientras releía la información sobre los conductores de la furgoneta. No me hizo ningún comentario respecto a las preguntas que hice sobre Sheila.

—Ya agrandamos nuestra lista de entrevistados —le dije a Simon—. La visita a la guardería ha sido más provechosa de lo que esperaba.

1 0

Para el momento en que nos alejábamos de la guardería, el debate entre el detective Chang y yo fue inevitable. Al momento de decidir cuál sería el próximo paso a seguir no nos pusimos de acuerdo. Ambos teníamos posiciones encontradas sobre el enfoque de la investigación y lo que considerábamos como prioridad. Mi intención era proseguir con la búsqueda de evidencias y testimonios que demostraran la culpabilidad de Sheila Roberts. Por su parte, mi compañero quería que siguiéramos haciendo interrogatorios entre los empleados de la guardería. A su vez, quería regresar a la comisaría para buscar en las computadoras los datos disponibles sobre la pareja de conductores. En cuanto a mí, tenía otros planes que consideraba merecedores de una atención más inmediata.

—Haremos esos interrogatorios eventualmente, Simon —argumenté—. Sin embargo, creo que primero debemos concentrarnos en Sheila Roberts y todas sus acciones durante el día del supuesto secuestro. Interrogar a personas que no estuvieron presentes en la guardería aquella mañana solo nos hará perder el tiempo.

—Te estás apoyando demasiado en una corazonada —acusó Chang—. No estamos completamente seguros de que no tuvieran contacto con Sheila ese día quienes así se lo afirmaron a su jefa. No dudo de las declaraciones de Lydia ni tampoco desacredito lo que sus empleados le dijeron. Sin embargo, debemos completar los interrogatorios para salir de dudas. Especialmente con esa pareja, ya que Lydia no se acordaba de ellos cuando habló con sus empleados.

—Ese par no son empleados suyos —recordé—. Solo los contratan esporádicamente. Ya escuchaste lo que nos dijo: la última vez que hicieron un paseo fue hace dos meses. Y ni siquiera tienen el uniforme.

—Pudieron planearlo en ese tiempo —sostuvo Chang—. Incluso pudieron encontrar la manera de conseguir un uniforme.

—Es otra conjetura —sostuve—. Parece que no soy el único que se deja llevar por corazonadas.

—Es mucho más sensata —defendió Chang—. Pero desviaría la investigación lejos del punto que quieres probar, ¿no es así?

—No necesariamente —repliqué—. Nunca he descartado la posibilidad de que Sheila haya tenido cómplices. De cualquier manera, el inspector está de acuerdo en que sigamos investigando a Sheila. Esas son las instrucciones oficiales y debemos acatarlas.

—Entonces, ¿qué haremos? —preguntó Chang—. ¿Llevaremos hoy a Sheila hasta la comisaría tal como pidió el inspector Grandville?

—Eso haremos —confirmé—. Aunque antes de ir a su oficina, propongo que vayamos primero al Starbucks que frecuentó esa mañana. Quizá alguno de los empleados nos ofrezca más detalles sobre su visita. Si no conseguimos extraer nada de Sheila, nos enfocaremos en tu «corazonada». Lo prometo.

—Ni modo —aceptó Chang encogiéndose de hombros—. Al menos podré tomar un capuchino.

—Eso es lo que quería escuchar —bromeé—. ¿Te fijaste en la dirección del Starbucks? Es cerca del puerto. ¿No te parece curioso que haya ido a ese lugar si supuestamente estaba apurada?

—¿Por qué lo dices? —preguntó Chang desorientado—. No veo que se trate de algo inusual querer un poco de café para afrontar el resto de un ajetreado día. No es tan lejos si vas en automóvil. Por otra parte, quizá eso fue lo que la retrasó y luego trató de recuperar el tiempo perdido.

—Muchas actividades aleatorias en un mismo día para una agenda supuestamente apretada —resalté—. Parece más bien un lugar al que entrarías porque fuiste a hacer otra cosa en los alrededores del puerto.

El detective Chang asintió ante mi exposición de motivos, aunque no ofreció ninguna opinión extra. Cuando llegamos a la dirección correcta, enseguida fuimos recibidos por la sensación de humedad y frío propia del puerto. A su vez, llegaba a nosotros el característico olor a mar. Tuvimos que caminar un trecho ligeramente largo entre el lugar donde estacionamos el automóvil y el Starbucks. Dicho inconveniente me hizo cuestionarme si Sheila no había experimentado la misma incomodidad esa mañana. En ese sentido, las acciones de mi principal sospechosa se me antojaban cada vez más excéntricas y arbitrarias.

Por fortuna, el Starbucks no estaba excesivamente concurrido. Había mesas disponibles para sentarse y la fila para comprar solo estaba compuesta por dos personas delante de nosotros. Se trataba de un lugar confortable desde el cual se divisaba la actividad en el puerto. Mi compañero y yo nos formamos en la cola, esperando por nuestro turno y fingiendo que estábamos allí como clientes. Finalmente nos atendió una chica, a la cual le ordenamos dos *frapuccinos* con crema. Recibimos el pedido con prontitud por parte de otro chico encargado de servir las órdenes mientras la cajera nos atendía. Tomamos los cafés correspondientes, aunque no nos apartamos del mostrador. Aprovechando que no había entrado nadie todavía para ponerse detrás de nosotros, me adelanté para comentarle la verdadera razón por la cual estábamos allí:

—Somos detectives, Annette —le confesó Chang leyendo su nombre en el prendedor que portaba en la solapa del uniforme—. Venimos aquí porque estamos haciendo una investigación relacionada con alguien desaparecido. Sospechamos que fue visto aquí horas antes de su desaparición.

—Aquí entran muchos clientes —replicó Annette—. Muchos de ellos vienen con sus hijos. No creo que pueda ayudarles. Quizá deban hablar con el gerente.

—¿El nombre Sheila Roberts le resulta familiar? —solté de improviso—. Y disculpe las molestias.

—Conozco a Sheila —declaró Annette—. ¿Le ocurrió algo?

El detective Chang y yo compartimos una mirada. En ese momento entró una persona al Starbucks y demandó ser atendida. Nosotros nos hicimos a un lado para que ella despachara al cliente.

—Pediré un receso al gerente para hablar con ustedes —nos dijo Annette luego de atenderlo—. Si quieren tomen asiento.

Annette le pidió a su compañero que la relevara para luego introducirse por una puerta, donde supusimos que estaría el gerente. Nosotros obedecimos su sugerencia y procedimos a disfrutar nuestros cafés mientras esperábamos que se nos uniera. Unos pocos minutos más tarde, Annette se sentó en nuestra mesa para responder a nuestras preguntas.

—Entonces conoce a Sheila Roberts —retomé—. ¿Podría hablarnos de lo que sepa sobre ella?

Uno de mis trucos favoritos cuando comienzo un interrogatorio informal es persuadir a mi interlocutor para que hable antes de revelarle las razones detrás de mis preguntas. Esto me permite tener testimonios frescos sin ningún tipo de sugestión.

—Sheila es una clienta regular —explicó Annette—. Le gusta mucho este lugar, y al menos viene dos o tres veces a la semana. Siempre en las mañanas. Dice que es la única cafetería decente de Vancouver. Lo sé porque he cruzado unas pocas palabras con ella cuando nos hemos topado en alguna otra parte de la ciudad. Creo que por ser estadounidense prefiere venir aquí antes que a una cafetería local. ¿Fue ella quien desapareció?

—No se preocupe por ella, le aseguramos que está bien —la calmé—. El asunto que nos trae aquí es la desaparición de su sobrino.

—¡Ese hermoso bebé! —expresó Annette sorprendida—. Lo lamento mucho. Justamente lo conocí la última vez que Sheila vino para acá. Creo que fue hace tres días.

—El día que desapareció —subrayé—. Díganos todo lo que recuerde.

—Nuestro contacto fue breve —refirió Annette—. Esa mañana el local estaba congestionado y detrás de ella había muchas personas esperando ser atendidas. Apenas me dio tiempo de saludarla. Fue cuando me dijo que el bebé era su sobrino, porque se lo pregunté.

—¿No lo había conocido antes? —cuestioné—. O sea que era la primera vez que entraba a este lugar con su sobrino.

—Así es —corroboró Annette—. De hecho me sorprendió ver a Sheila con un niño. Parecía incómoda. Sin embargo, el niño se veía tan sonriente. Era muy adorable. Por eso no pude evitar preguntarle quién era. No creí que fuera su hijo.

—¿Por qué le dio esa impresión? —inquirí—. ¿Cómo era su trato con el niño?

—Simplemente me pareció extraño —resaltó Annette—. Además se veía fastidiada mientras arrastraba el coche. Le ofrecí desocupar algún puesto para que ella y su sobrino pudieran sentarse, pero se negó categóricamente. Creí que alguien la estaba esperando o algo así.

—Diría entonces que quería irse cuanto antes —proseguí cada más intrigado por las respuestas—. ¿Vio a alguien afuera?

—No, no vi a nadie que la acompañara —respondió Annette—. Pero me extrañó que tomara el camino en dirección al parque.

Annette señaló la ventana al lado de nosotros para explicarnos la dirección que tomó Sheila. Era un camino despejado que atravesaba el puerto.

—Al final de ese camino hay un parque —continuó Annette—. Lo que me resultó inusual es que se dirigiera hacia esa zona, porque no hay posibilidad de estacionar allí automóviles. Si iba de regreso al suyo, entonces tendría que haber tomado el camino contrario.

—El lugar desde donde vinimos caminando —declaré recordando nuestro propio recorrido para llegar al Starbucks cuando finalmente conseguimos estacionarnos—. No queremos quitarte más tiempo, Annette. Has sido de mucha ayuda.

Annette se despidió amablemente para en seguida retomar su puesto detrás de la caja. Nosotros ya habíamos terminado de beber nuestros cafés para el momento en que culminó el interrogatorio. Antes de regresar al automóvil le pedí al detective Chang que hiciéramos el recorrido hasta el parque que supuestamente siguió Sheila al salir del Starbucks. Mientras caminamos conté los minutos transcurridos durante ese paseo, imaginando a Sheila empujando el cochecito. Si verdaderamente estaba retrasada para dejar a su sobrino en la guardería y luego ir a su oficina, ¿por qué haría esa larga caminata?

—Ya sé lo que estás pensando —adivinó Chang—. Admito que muchas de las acciones de ella no fueron lógicas en comparación con sus primeras declaraciones. Incluso si le damos el beneficio de la duda, hay detalles que omitió deliberadamente.

—Detalles que podrían despertar sospechas —añadí—. Le daremos una segunda oportunidad para que aclare nuestras dudas. Quizá el ambiente de la comisaría la disuada a hablar con honestidad. Regresemos para buscarla. Esta vez no nos dejará esperando en la recepción.

11

Nuestra entrada al piso donde trabajaba Sheila Roberts fue mucho más agresiva en comparación con la primera visita que hicimos. Al llegar a la recepción alzamos los carnés de identificación y, sin mayores preámbulos, nos dirigimos hacia la oficina de nuestra principal sospechosa. La recepcionista, nerviosa, corrió para ponerse frente a nosotros e impedirnos el paso:

—No pueden entrar a su oficina sin anunciarlos antes —advirtió—. Si no llamaré a seguridad.

—Nosotros representamos a la ley —le recordé enfáticamente—. No haga las cosas más difíciles. Le recomiendo que no entorpezca nuestro trabajo.

El tono autoritario de mi voz logró que la recepcionista se apartara enseguida, dejándonos el camino despejado. Otras personas que caminaban por allí se apartaban para darnos paso y se nos quedaban viendo profundamente intrigados. Cuando entramos a la oficina de Sheila, esta se hallaba concentrada revisando un fajo de papeles. El ruido de la puerta la sobresaltó, y al vernos le costó entender lo que estaba pasando:

—No pueden irrumpir así en mi oficina —acusó Sheila—. ¡Esto es una falta de respeto!

—Esta vez no tenemos mucho tiempo para formalidades, señorita Roberts —interpuse—. Esta visita es diferente a la anterior. Queremos que nos acompañe a la comisaría para un interrogatorio formal.

—No pienso ir a ningún lugar con ustedes —se negó Sheila—. Recuerden que soy abogada y conozco muy bien mis derechos. Lo que están haciendo es una violación a mi integridad personal. ¿No les bastó con la entrevista pasada?

—Lo que ha dicho no ha sido suficiente —refuté—. Y hemos hallado contradicciones en sus declaraciones. No le diré nada más al respecto hasta que nos acompañe a la comisaría. Se lo estamos pidiendo amablemente.

—¿A esto llaman amabilidad? —reclamó Sheila—. Se están comportando como unos salvajes. No entiendo para qué quieren mi presencia en la comisaría. ¿No pueden hacerme sus preguntas aquí mismo? De cualquier manera, les he dicho todo lo que sabía.

—¿Acaso no le preocupa el paradero de su sobrino? —pregunté con una mirada acusadora—. Ni siquiera ha preguntado si logramos encontrarlo. ¿O acaso está segura de que no lo hallaremos?

A Sheila se le prensó el rostro al escuchar mis acusaciones veladas. En lugar de responder siguió mostrándose enfadada, negándose cooperar. No dejaba de citar textualmente algunas leyes que se sabía de memoria con el propósito de animarnos a que nos fuéramos. Si su intención era no parecer culpable, al menos ante mis ojos estaba quedando mucho peor que antes.

—Los denunciaré si es necesario —amenazó Sheila—. Se

quedarán sin trabajo. No estoy obligada a irme con ustedes. Así que váyanse de inmediato.

—Esto no es un capricho de dos simples detectives — reiteré—. Respondemos a un inspector que ha autorizado esta petición. No complique la situación para usted.

—La escoltaremos sin hacer escándalo —prometió Chang —. Si nos obliga a pedir una orden oficial para llevarla a la comisaría no seremos tan delicados. Salga ahora con nosotros sin resistirse y le evitaremos una futura situación vergonzosa en su lugar de trabajo.

Al percatarse de la seriedad del asunto, y comprender que poniendo resistencia solo empeoraría su situación, acabó aceptando irse con nosotros. Manteniendo nuestra promesa, procuramos escoltarla hasta el ascensor sin hacer ningún alarde para llamar la atención. No obstante, muchas personas se quedaban observándonos en el camino hasta el ascensor. Pude escuchar los murmullos a mi alrededor y comprobar que Sheila evitaba las miradas de todos los presentes. Solo hizo una breve parada en la recepción para notificar que se ausentaría el resto del día y pedir que se cancelaran todas las citas marcadas en su agenda.

—Estoy lista —se adelantó a la salida sin mirarnos a los ojos—. Quiero terminar pronto con esto.

Ya en la comisaría, conducimos a Sheila hasta una sala acondicionada para los interrogatorios. Al principio la dejamos allí sentada y luego nos fuimos. Ella seguía molesta, aunque no dijo ni una sola palabra. Queríamos que se sintiera sola y aislada durante media hora para que de este modo se calmaran sus ánimos. Pretendíamos ablandar su voluntad para que cuando nos dispusiéramos a interrogarla prestara absoluta colaboración, así fuera nada más que para recuperar el tiempo perdido e irse de la comisaría.

Confieso que en parte me satisfacía la perspectiva de

someterla a una espera similar a la que nos hizo sufrir en nuestra primera entrevista. Sin embargo, no fue una acción premeditada para esos fines. Antes de interrogarla debíamos reunirnos con Grandville para exponerle los avances en la investigación tras la visita a la guardería. Era también fundamental ponernos de acuerdo sobre las nuevas preguntas que le haríamos a nuestra sospechosa. En ese sentido, al inspector le correspondía darnos autorizaciones claras sobre los límites que podíamos cruzar en ese interrogatorio. Para ello se requería que actuáramos con prudencia y así evitar que cualquiera de nuestras preguntas tuviera un contenido difamatorio. En vista de que Sheila era abogada, trataría de usar cualquier mínima equivocación en nuestra contra para zafarse del interrogatorio y seguidamente perjudicarnos. Pasara lo que pasara, la responsabilidad de lo ocurrido recaería directamente en el inspector Grandville.

Finalmente decidimos que yo me haría cargo del interrogatorio bajo la supervisión directa del inspector jefe, quien se encontraría presente, aunque no intervendría, a menos que fuera absolutamente necesario. Mientras tanto, el detective Chang procedería a llamar a los empleados de la guardería para confirmar lo poco o nada que supieran sobre lo sucedido. Simultáneamente buscaría en las computadoras la información sobre Harold y Elizabeth, y con ello trataría de contactarlos. Sheila Roberts seguía siendo nuestra principal y hasta el momento única sospechosa, pero todavía no descartábamos la participación de cómplices relacionados con el entorno del bebé.

—Comencemos —promoví—. No creo que consigamos extraerle más información a Sheila, pero todo lo que nos diga podremos usarlo luego como prueba de sus contradicciones.

Al entrar en la sala de interrogatorios, Granville y yo encontramos a Sheila secándose el sudor del rostro con un pañuelo. Nos lanzó una mirada reprobatoria, aunque evitó hacer ningún comentario que expresara la cólera que la embargaba. En aquel instante no podía hacer otra cosa distinta a permanecer allí hasta que la dejáramos en paz.

—Lamentamos someterla a una larga espera —me disculpé con especial ironía—. Esperemos terminar pronto. Esto es oficialmente un interrogatorio. Por lo tanto, le pedimos que todo lo que decida declarar en esta sala sea la verdad. De lo contrario, luego podremos usarlo en su contra si la información que nos proporcione no se corresponde con las evidencias.

—Pues no tengo nada que ocultar —aseguró Sheila—. En otras circunstancias me negaría a responder y contaría con la presencia de un colega abogado para que lidie con ustedes. Sin embargo, si todo esto que hacen nos permitirá recuperar a Daniel, entonces acepto soportarlo.

La respuesta de Sheila fue muy bien pensada de su parte. Ella comprendía que si ponía abogados de por medio y se negaba al interrogatorio, aunque estuviera en el derecho de hacerlo si quería, enseguida confirmaría su estatus de sospechosa. En cambio, si se demostraba preocupada por su sobrino, lograría consolidar el beneficio de la duda.

—Me parece bien —la felicité—. Es importante que comprenda que todo esto lo hacemos por el bienestar de Daniel. Estamos haciendo todo lo posible para conseguirlo. Por eso necesitamos mayor claridad y precisión en su testimonio.

—¿Y no lo he hecho hasta ahora? —preguntó Sheila con un aire de ligera sorpresa—. Si no tengo nada más por decir es porque no fue mucho lo que sucedió esa mañana. Fue un día normal en todos los aspectos.

—Excepto por el hecho de que perdió a su sobrino —recalqué—. Diría que fue un día inusual.

—No perdí a Daniel —aseveró Sheila enojada—. Se quedó con una encargada de la guardería. Esa fue la última vez que lo vi, confiando en haberlo dejado en buenas manos. Deberían investigar la guardería.

—Así lo hicimos —referí—. Y fue por eso que hallamos inconsistencias en su testimonio. Díganos otra vez todo lo que hizo ese día, antes y después de dejar a Daniel en la guardería. Mientras más explícitos sean los detalles, mucho mejor, así le parezcan aburridos.

Tras dar un suspiro cargado de cansancio y aburrimiento, Sheila procedió a narrar su testimonio una vez más, ahora con mayores detalles de su cotidianidad. Aseguró que despertó a las 6:00 a. m., como todos los días. Cuando estuvo lista condujo hasta la casa de su hermana para recoger a su sobrino. Estando allí habló con Diana un rato largo, para asegurarse de su estado de salud y cómo se sentía respecto a la quimioterapia que recibiría en un par de horas. Le dejó dinero en efectivo para el taxi y salió del apartamento llevándose a su sobrino.

—¿Lo llevaba cargado? —pregunté interrumpiéndola—. ¿O en cambio lo empujaba en el coche?

—Me lo llevé cargado —respondió Sheila con expresión confundida—. Para el momento en que lo llevé a la guardería, quedamos atrapados en medio de un tráfico fastidioso. Quise agarrar un atajo que conducía al puerto, pero terminé retrasándome mucho más de lo que esperaba.

Sheila continuó con su versión original de los hechos: llegó tarde a la guardería, dejó a Daniel en manos de una mujer en la entrada y volvió a su automóvil. El resto del día lo pasó en su oficina trabajando, hasta que recibió la llamada de Diana diciéndole que su sobrino nunca entró a la guardería. Por lo tanto, alrededor de las 7:00 p. m. estaba reunida con su hermana para llevarla a la comisaría y poner una denuncia formal por su desaparición. Afirmó que no pudo dormir esa noche, angustiada por imaginar al pobre Daniel lejos de su madre. Al decir esto, Sheila se frotó ligeramente los ojos con el pañuelo, dando la impresión de que estaba a punto de llorar. Sin embargo, no vi el mínimo rastro de una lágrima.

—¿Su hermana pasó la noche con usted? —pregunté—. Debió ser un momento difícil para ambas. Por fortuna se tienen la una a la otra para sobrellevarlo.

—No, la dejé en su apartamento —respondió—. Así me lo pidió ella.

Yo asentí frunciendo el ceño. Me parecía curioso que Sheila no acompañara a su hermana a pasar la noche después de lo sucedido, sobre todo considerando el estado de salud de Diana. Por su parte, era llamativo que ella asegurara no haber podido dormir, y pese a ello, luciera tan impecable cada vez que la vieron. En ningún momento había señales en su aspecto de ser alguien que estuviera pasando por una situación grave en su vida. La pérdida de un ser querido solía traer consecuencias físicas y emocionales que se hacían evidentes en mayor o buena medida en el trato con una persona. Incluso si Sheila era una persona que quisiera aparentar ser fuerte, nada en su comportamiento o apariencia confirmaban esa supuesta angustia que no la dejó dormir.

—Supongo que no ha sido fácil afrontar cada nuevo día —señalé fingiendo preocupación—. Me gustaría cerciorarme de los detalles. Desde el momento en que recogió a Daniel hasta que lo dejó en la entrada de la guardería, ¿no ocurrió algo que haya omitido? Permítame ser más específico: durante ese recorrido, ¿no hizo algo antes de llevarlo a la guardería o se encontró con alguna persona que pudiera verla junto a su sobrino? De pronto alguien estuvo siguiendo sus pasos sin que se diera cuenta.

—No recuerdo haberme encontrado con nadie —afirmó—. Todo lo que hice ya se lo he contado.

Sus palabras no eran convincentes, aunque hablara con una apabullante seguridad. Sabiendo lo que deliberadamente pasaba por alto, me sorprendió sobremanera el talento que tenía para mentir. Supongo que por eso se destacaba en su campo de trabajo. En su testimonio omitió nuevamente el paseo al parque. ¿Acaso no le parecía digno de mención describir esa larga parada antes de su llegada a la guardería? Conforme a su declaración, quería dar la impresión de que nunca se bajó de su automóvil hasta que se desentendió de Daniel para poder irse a trabajar. A su vez, todavía insistía en un supuesto retraso para llegar a tiempo a su oficina. Si de verdad estaba tan retrasada, ¿por qué detenerse a comprar un café a varios kilómetros de distancia lejos de su trabajo? Y en el caso de que esa hubiera sido la razón de su impuntualidad, entonces no habría tardado en señalarlo.

—Hay omisiones esenciales en su testimonio, señorita Roberts —acusé tras un largo silencio—. Me cuesta entender por qué no puede ser completamente honesta con nosotros. Su sobrino podría estar en peligro, y por esa razón, cada mínimo hecho de ese día es importante para avanzar en la investigación.

—No entiendo por qué me trata como si fuera una sospechosa de un delito —se defendió Sheila—. Preferiría que fuera más concreto en sus acusaciones. De lo contrario, creeré que intenta asustarme haciendo parecer que sabe algo para lo cual no tiene pruebas. Es una de esas tácticas intimidatorias que conozco a la perfección. Yo misma la he usado en los juicios cuando interpelo a alguien.

El inspector Grandville se mantenía apostado en una esquina, observando la ejecución del interrogatorio. La respuesta de Sheila me motivó a compartir una mirada con él y reconocer en su asentimiento la orden de comenzar a desmontar su testimonio. Había llegado el momento de ser más concretos, tal como ella lo pedía.

—Créame que no pretendemos intimidarla —repliqué—. ¿No piensa que si la hemos traído hasta acá es porque tenemos algo más que conjeturas? Ahora que nos ha dado su testimonio, el cual, admito, sigue siendo consistente y fiel a su primera declaración, me gustaría concentrarme en algunos hechos que ha pasado por alto en ambas ocasiones. ¿Por qué no nos dijo que fue al Starbucks del puerto y luego paseó a Daniel en coche en dirección al parque?

Mis señalamientos tomaron por sorpresa a Sheila, ya que hizo una expresión de extrañeza en su rostro. Mentalmente parecía estar decidiendo qué respuesta dar. Sin embargo, era evidente que negarlo solo incrementaría nuestra suspicacia hacia ella. Ella era una mujer astuta, por lo cual aceptó como cierta mi revelación.

—Me gusta ese Starbucks —explicó Sheila con ligero nerviosismo—. Suelo comprar allí algunas mañanas. Comprendo que resulte extraño por la distancia que representa, pero disfruto del paisaje que rodea el puerto. Además, consideré que a Daniel le vendría bien un corto paseo antes de ir a la guardería. Pero ya ve que por eso luego andaba apurada. El tiempo se me pasó, y cuando me di cuenta era considerablemente tarde.

—Ahora tiene más sentido su premura —admití—. Aun así, es curioso que haya esperado hasta ahora para reconocerlo. Además, no parece el tipo de persona que cometa descuidos cuando se trata de su trabajo.

—¿Qué intenta demostrar, detective? —preguntó Sheila recuperando su seguridad—. Entiendo que le parezca extraño que haya omitido ese detalle. Reconozco que debí incluirlo en mi declaración. Si no lo hice es porque precisamente temía que se convirtiera en una distracción, para evitar que ustedes se concentraran en lo verdaderamente importante: encontrar a Daniel. Ese paseo sucedió antes de llegar a la guardería. Esa era la parte esencial de mi testimonio porque fue el último momento en que lo vi.

—Pues evite anticipar nuestras reacciones —la reprendí—. En lo sucesivo no nos oculte nada si su interés es que localicemos a Daniel. ¿Llegó a entrar en el parque?

—Sí, entramos —confirmó Sheila tras un segundo de vacilación—. Quiero evitar confusiones. Decidí pasar un rato con Daniel en el parque antes de ir a la guardería porque han sido unos meses difíciles. Cuando un ser querido se está muriendo de cáncer te replanteas muchas cosas. Quiero estar preparada por si debo hacerme cargo de mi sobrino en el caso de que Diana ya no esté para él. Por eso nos retrasamos.

—Es lamentable la situación por la que pasan —reconocí—. Quiero hacerle saber que hemos hablado con Lydia Lionel. Ella asegura haber entrevistado a todos sus empleados, y ninguno recibió a Daniel de sus manos. Al menos con todos los que están autorizados a llevar el uniforme del lugar.

—Ya no creo que el responsable trabaje en la guardería —apuntó Sheila—. Cuando descubrimos que Daniel no llegó a entrar, enseguida supe que le había dado el niño a una desconocida que me hizo creer que trabajaba allí. Por eso me arrepiento tanto de mi descuido. Debí haberme dado cuenta del engaño.

—Todavía no estamos seguros de que sea ajena a la guardería —observé—. Sea quien haya sido esa mujer, le aseguro que su presencia allí no fue casual. Estimo que lo ha planeado con antelación.

—Suena factible —aceptó Sheila sintiéndose tranquila ante la perspectiva de que ya no la creíamos sospechosa—.

Seguramente le habrá llamado la atención que parezco una persona con dinero.

—Solo un pedido de rescate confirmaría esa hipótesis —recordé—. Seguramente ya le tenía el ojo puesto a usted y a su sobrino. Finalmente ese día se le presentó la ocasión ideal para hacer su jugada. Quizá haya sido un antiguo empleado del lugar o alguien que presta servicios para la guardería sin formar parte de la nómina. Actualmente mi compañero está en el medio de esas averiguaciones.

—Espero que lleguen pronto a una resolución —agregó Sheila con su natural tono arrogante—. Gracias por compartir sus avances. Supongo que ya hemos culminado el interrogatorio, ¿no es así?

—Así es —le confirmé—. De cualquier manera, le pido que no haga ningún viaje fuera de la ciudad mientras seguimos con la investigación. Es probable que necesitemos su presencia en el futuro.

—No tengo planes de irme a ninguna parte —aseguró Sheila—. Debo cuidar a mi hermana.

Aunque los ánimos se hubieran calmado, Sheila seguía demostrando un comportamiento de rechazo hacia las autoridades. No parecía suficiente que estuviéramos cumpliendo con nuestro trabajo y nos preocupáramos por hallar a Daniel con todos los recursos disponibles. Este era el tipo de actitud que no hacía sino incrementar las sospechas tanto para mí como para el inspector Grandville. Cuando Sheila abandonó la sala, finalmente pudimos compartir nuestras impresiones al respecto.

—No obtuvimos ninguna nueva información —resalté—. Pero ahora es consciente de que no somos estúpidos, como cree.

—Menudo personaje —expresó Grandville—. Ahora será

mucho más cuidadosa, aunque también tomará acciones para evitar que aparezca cualquier prueba en su contra.

—Entonces, ¿si consideras que es una legítima sospechosa? —pregunté para validar mis propias conjeturas—. Todavía no tenemos evidencias en su contra.

—Ella sabe qué pasó con el niño —recalcó Grandville—. Después de escucharla, no me queda duda de ello. Sheila es la culpable que estamos buscando. Solo necesitamos pruebas y mantenerla vigilada en lo sucesivo. Ha hecho un excelente trabajo, detective. No se descuide.

Me complacía que Grandville verbalizara mis propias suposiciones, apoyando sin reparos la investigación que estaba llevando a cabo. Con el permiso para vigilar los movimientos de Sheila, sentí que dábamos un paso adelante para resolver el misterio. Sin embargo, su consejo era válido. Hay un momento en toda investigación en el que un detective se deja llevar por el entusiasmo de comprobar las teorías que ha propuesto antes. Si permite que esta euforia se salga de control es probable que pierda de vista los detalles pequeños y significativos que conducen a las grandes resoluciones.

Yo tenía claro que no existía ninguna razón para confiarse. Aún quedaban muchas preguntas por responder, pero, principalmente, no existía ninguna victoria asegurada hasta no recuperar al niño. Cuando culminaba una nueva jornada de trabajo sin que supiéramos el paradero de Daniel, enseguida representaba un fracaso tanto para mí como para la Policía de Vancouver. Porque cada día que pasaba sin lograr una resolución significaba que un hijo seguía lejos de su madre, que la enfermedad de Diana se agudizaba y que los culpables se salían con la suya.

12

EL DETECTIVE CHANG ESCUCHÓ con atención el recuento que le hice sobre el interrogatorio a Sheila. Le sorprendió el descaro con que ella disimuló la omisión de su paseo en el parque y cómo intentó usarlo a su favor. Aunque mi compañero se mostraba más escéptico a la hora de considerar a Sheila como sospechosa, el comportamiento de ella jugaba en su contra ante cualquier posible modo de defenderla. Por lo tanto, le pareció aceptable la resolución del inspector Grandville de mantenerla vigilada mientras no se aclararan las sospechas que pesaban sobre ella. De ese modo evitaríamos cualquier posible intento suyo de huir de Vancouver.

Por su parte, Simon me actualizó sobre los avances en relación a las llamadas que hizo a los empleados, así como de las correspondientes búsquedas en las computadoras para comprobar que el personal en cuestión no tuviera antecedentes penales. También habló con Diana Evans, pero tal como estimábamos, todavía no habían mandado una solicitud formal de rescate.

—Ninguno de los empleados vio nada ese día —refirió

Chang—. No saben qué le ocurrió a Daniel, ni tampoco llegaron a darse cuenta cuando su tía lo dejó en la entrada. El factor común de sus testimonios es que les sorprende que alguien de apariencia tan estricta como Sheila haya sido tan descuidada.

—¿Alguna irregularidad en sus perfiles? —pregunté—. ¿Ninguno ha tenido problemas con la ley?

—Pues son personas decentes, dentro de lo que cabe —sostuvo Chang—. Conseguí ciertas infracciones de tráfico cometidas por algunos, pero nada particularmente fuera de lo común. Ni mucho menos que estuviera relacionado con casos de niños desaparecidos.

—¿Y conseguiste contactar a los conductores? —inquirí—. Aunque veo incierto que puedan estar relacionados.

—No fui capaz de localizarlos en esas direcciones —lamentó Chang—. Encontré domicilios asociados a ellos. Intenté llamar a esos números inútilmente. Uno de ellos aparece fuera de línea y en el otro me atendió una anciana diciéndome que me equivoqué de teléfono.

—Eso me intriga —confesé—. No me agrada que haya personas indirectamente relacionadas con el caso que no puedan ser localizadas.

—Aún tenemos el número de contacto que nos proporcionó Lydia —recordó Chang—. Pertenece a un móvil, y por eso no quise llamar hasta que no lo decidamos juntos. Por no estar registrados como trabajadores de la guardería, creí conveniente que los visitáramos antes de alertarlos. Cuando llamé a los domicilios, lo hice con la intención de hacerme pasar por un vendedor, solo para comprobar que vivían en esos lugares.

El detective Chang hizo bien al no contactar los móviles de esas personas todavía. Con los trabajadores de la guardería existía el precedente de que Lydia ya había interrogado a sus empleados respecto a la situación. Ninguno de ellos cometió alguna acción sospechosa luego de ello, y continuaron trabajando como de costumbre. En cambio, con los conductores era conveniente no alarmarlos hasta no contactarlos, preferiblemente en persona.

—Podemos pedirle a Lydia que los llame fingiendo contratarlos —propuse—. ¿Preguntaste por ellos entre los trabajadores?

—Sí, eso fue lo más interesante de las llamadas —continuó Chang—. Logré conseguir un poco de información aquí y allá, según los distintos testimonios de los empleados. Específicamente, Harold se moviliza mucho haciendo trabajos entre Vancouver y Chelsea. Por eso cuando quieren hacer un paseo deben planearlo con mucha antelación, para que él pueda coordinar su agenda. Quizá por eso sea tan difícil localizarlos. De hecho, una de las cuidadoras me dio el teléfono de alguien que conoce a Harold, quien fue la persona que los recomendó como conductores.

—Excelente —celebré—. ¿Llamaste a esa persona?

—Todavía no —declaró Chang—. Esperaba saber tu opinión al respecto.

—Llámalo ahora —aconsejé—. Por supuesto, no le digas que eres detective. Pero trata de extraerle información que nos permita hacer un perfil más claro de ellos.

—De acuerdo —aceptó Chang—. Diré que llamo de parte de la guardería, en relación con un dinero que le debemos por el último trabajo, y que nos ha costado localizarlo.

Siguiendo mis recomendaciones, Chang realizó la llamada. Me mantuve a su lado mientras hablaba con el contacto, esperando que culminara para que me revelara lo que le dijo. Cinco minutos más tarde no fue mucho lo que consiguió averiguar.

—El contacto supone que Harold anda de viaje —refirió Chang—. No sabe dónde vive y lo conoce porque él realiza trabajos de mantenimiento en el vecindario. A su vez, ha hecho algunos viajes de mudanzas para sus vecinos. No conoce a Elizabeth. No lo ha visto trabajando con ella cuando ha ido a su localidad.

—Harold Findlay hace toda clase de trabajos —observé—. Esperemos que secuestrar niños no sea uno de ellos.

—¿Realmente crees que podría estar involucrado? —preguntó Chang—. Me inquieta que sea tan difícil localizar a la pareja en una dirección concreta.

—Podrían haberse asociado con Sheila —reiteré—. Entretanto, creo que no deberíamos dejar de localizarlos hasta no salir de dudas. Lo que más temo ahora es que, a pesar de todo lo que hemos conseguido, todavía no tengamos una prueba real. Me da miedo que estemos a punto de caer en un callejón sin salida.

13

EL TEMOR de conducir hacia un callejón sin salida era mucho menos infundado de lo que hubiera querido. Aun con el apoyo total del inspector Grandville y la siempre eficiente colaboración de mi compañero, las estrategias a seguir para desarrollar un plan de acción efectivo seguían presentándose inciertas. Para un hombre de acción como yo, resultaba inadmisible la perspectiva de esperar sin hacer nada mientras tanto.

Luego de recopilar los datos y testimonios obtenidos hasta ese momento para anexarlos al informe de investigación, el detective Chang y yo nos reunimos en el despacho del inspector. Grandville revisó con atención todo el material que le proporcionamos tras escuchar la evolución de nuestras respectivas impresiones. El detective Chang pretendía que visitáramos a cada uno de los empleados de la guardería para cerciorarnos de que ninguno estuviera involucrado en la desaparición de Daniel. A su vez, propuso que también imagináramos un perímetro de conexiones que incluyera a vecinos de los respectivos hogares de Diana y Sheila, así como también a quienes trabajaban con la abogada.

A mi parecer, la propuesta de Simon exigía una mayor inversión de recursos, los cuales difícilmente serían proporcionados. Por su parte, él pensaba que yo siempre era partidario de que en casos como estos una investigación de bajo perfil reportaría más éxitos si teníamos esperanza de encontrar a Daniel sin que hubiera sufrido daño alguno. Por lo tanto, mi postura era mucho más sencilla: reforzar la vigilancia de Sheila y seguirla a todas partes. También creía conveniente mantener un ojo sobre la señora Evans, en el supuesto caso de que la contacten los «secuestradores» y luego ella no avisara a las autoridades por miedo a las represalias en contra del niño; si es que no estuviera implicada, como creíamos.

Luego de exponer nuestros diversos puntos de vista, mi compañero y yo permanecimos en silencio cuando vimos a Grandville poner su clásica expresión de suma concentración mientras leía el informe actualizado. Lo conocíamos muy bien como para saber que estaba meditando sobre el asunto y no quería ser distraído en su proceso de reflexión. Confiábamos que el inspector ofreciera su propia visión para guiarnos en el camino a seguir. Sin embargo, se tomó su tiempo antes de intervenir.

—Admiro la determinación de ambos a la hora de dar propuestas —alabó Grandville—. Pero estamos entrando en un laberinto donde no parecen muy claras las salidas. No podemos convencer a nadie de aprobar recursos con lo poco que tenemos. Carecemos de pruebas, sin importar cuán convincentes seamos en nuestras estrategias.

—Por eso insisto en que no generemos mucho ruido que atraiga intereses externos a la investigación —resalté—. A menos que la madre decida contactar a la prensa, debemos mantener el proceso con suma discreción. En cambio, podríamos intervenir las llamadas de Sheila, tanto de su apartamento como de su oficina, para estar al corriente de sus conversaciones.

—Es un gasto que no me aprobarán —aseveró Grandville—. De la misma manera en que si nadie reclama haber hecho un secuestro, eso hará que el caso luzca más extraño a la hora de solicitar recursos. Estás al tanto de que compartimos la misma opinión sobre Sheila, agente Devon. Pese a ello, el problema sigue siendo el mismo para ambas propuestas. No servirá de nada entrevistar a todos los que están relacionados con este caso sin pruebas de que hubo juego sucio. Tampoco podremos intervenir las comunicaciones de Sheila sin ninguna evidencia que la incrimine. Prefiero que la vigilen entre ustedes dos sin ninguna parafernalia, por el momento.

—Así lo haremos —acepté—. Ella no se dará cuenta.

—La discreción es nuestra mayor ventaja —subrayó Grandville—. En general, lo único que nos permitiría actuar con mayor libertad en el uso de recursos sería hallar indicios o testimonios que denoten un posible secuestro.

—Todavía la madre no ha reportado una petición de rescate —recordó Chang—. Me tomé el atrevimiento de llamarla y me aseguró que su teléfono ha permanecido en silencio desde el día de su tratamiento de quimioterapia. Tampoco ha recibido ningún mensaje bajo su puerta. Creo en su honestidad. Hoy se siente mejor, e incluso manifestó que ha decidido seguir el itinerario que su hermana debió de hacer el día de la desaparición de Daniel. En ese sentido, entiendo su preocupación, inspector. Solo creo que no debemos concentrarnos exclusivamente en Sheila.

—Sugiero que tampoco pierdan de vista a la madre entonces —concluyó Grandville—. Después del niño, ella es la principal víctima. Las personas en su estado tienden a tomar medidas desesperadas, y hay que protegerla. Trabajemos con lo poco que tengamos. Confío en ustedes.

14

El paso de los días incrementaba la ansiedad de Diana Evans, añorando el momento en que recibiera finalmente la noticia de que su hijo había sido hallado. No obstante, el silencio era la única respuesta que le deparaba cada mañana al despertar. Sus ojos se posaban de inmediato en la cuna vacía puesta a un costado de su cama. Enseguida los ojos se le llenaban de lágrimas, pensando en lo mucho que extrañaba a su adorado Daniel. Quería escuchar su risa y también su llanto. Saberlo a su lado o al abrigo de sus brazos. Y aunque todavía fuera pequeño para comprender lo que sucediera a su alrededor, le preocupaba imaginarlo triste y confundido en un lugar incierto. Sin embargo, lo que más le aterraba era la idea de que se familiarizara pronto con un nuevo entorno y olvidara sus percepciones originales asociadas a su verdadero hogar.

El miedo a que Daniel la olvidara ya era algo que la atormentaba desde que le diagnosticaron el cáncer. Su hijo ya era huérfano de un padre que no había conocido y existían grandes posibilidades de que crecería sin conservar ninguna memoria sobre su madre. Diana quería vivir lo suficiente para disfrutar la posibilidad de estar con su hijo durante el tiempo que pudiera quedarle. Su más remota esperanza se limitaba a fantasear con que los tratamientos mantuvieran su salud unos años más para que Daniel pudiera recordarla. No se atrevía a soñar con que el cáncer entrara en remisión y se sanara. Si no lo imaginaba no era porque no creyese en los milagros, sino porque era mucho menos doloroso prepararse para lo peor. Gracias a ello disfrutaba al máximo compartir con su pequeño los momentos más felices de su vida, pese a que transcurrieran a lo largo de sus meses menos afortunados.

El encierro en su apartamento tampoco ayudaba a calmar sus ánimos. No había dejado de asistir a sus quimioterapias, a pesar de la desaparición de Daniel. Sin embargo, luego de ello volvía al apartamento para confrontar su soledad. Sin Daniel como recordatorio constante de las razones por las cuales debía luchar hasta el final contra la enfermedad, los pensamientos de muerte y abandono la invadían. Se sentía derrotada y con pocas esperanzas. Entretanto, su hermana solo le hacía rápidas visitas, asegurando que estaba muy ocupada. Tampoco le daba consuelo respecto a la investigación para hallar a Daniel. Se limitaba a decirle que los detectives hacían todo lo posible y que confiara en que pronto obtendrían una respuesta.

Para afrontar el desespero que se agudizaba con el confinamiento, el cuarto día de la desaparición de Daniel decidió que llevaría a cabo un paseo. Se propuso hacer el recorrido que siguió su hermana aquel nefasto día. Sheila la llamó la noche anterior y le contó que visitó la comisaría para actualizar su testimonio. Le dijo que había recordado que paseó a Daniel en el parque del puerto tras pasar por el Starbucks. A Diana le extrañó esta confesión por parte de su hermana y no comprendía por qué la había omitido. Aunque le pareció inverosímil que olvidara algo tan específico, le pareció correcto que lo notificara a los detectives. A la luz de esta nueva información, Diana sentía curiosidad por ir hasta el puerto y visitar ese parque. Lo único que la reconfortaría en esos momentos difíciles sería transitar por los lugares donde estuvo Daniel.

Antes de salir del apartamento, Diana pensó si sería conveniente notificarle a Sheila sobre su paseo. Si llegaba a desmayarse o sentirse muy débil era aconsejable que alguien estuviera al tanto de dónde estaría. Aún sopesando estas consideraciones, finalmente resolvió que no molestaría a su hermana, quien seguro estaría muy ocupada trabajando. Por otra parte, ella temía que la abogada reprobara su determinación, pidiéndole que se quedara en el apartamento. No tenía intenciones de generar una confrontación que le impidiera cumplir con el objetivo que ya se había propuesto.

Pensando de este modo, la señora Evans solicitó un taxi por teléfono. Quince minutos más tarde ella estaba en el asiento trasero apreciando el largo recorrido hasta el puerto. El conductor intentaba sacarle conversación, pero Diana contestaba con lacónicos monosílabos. El taxista no tardó en desistir en su intento de generar una conversación con su cliente. Diana agradeció el silencio, recostando la cabeza en dirección a la ventanilla para apreciar el paisaje. El flujo del tráfico era normal esa mañana, aunque la distancia seguía siendo considerablemente larga. Al corroborar por sí misma el tiempo que se requería para llegar al puerto saliendo desde su apartamento, se incrementó su extrañeza imaginando a su hermana realizando ese mismo recorrido. ¿Por qué habría ido tan lejos si luego debía conducir de vuelta a la guardería y su trabajo en unas pocas horas? A pesar de esa incertidumbre, no pensó demasiado en ello, y cuando llegó al puerto se sintió desorientada.

El taxista la ayudó a bajarse al verla pálida y temblorosa. Preocupado por el estado de su aspecto físico, la llevó hasta un banco. Al sentarse insistió que estaba bien y que el aire fresco la ayudaría a recomponerse. El conductor no tuvo ánimos de contradecirla, por lo cual aceptó como ciertas sus palabras, dejándola sola. Estando allí aprovechó la quietud circundante para respirar hondo y disfrutar del ambiente a su alrededor. El olor del mar le trajo una sensación agradable que apaciguó el ligero dolor que sentía en los músculos cada vez que se movía. Cerró los ojos, y por un momento tuvo el deseo de sumergirse en el agua para olvidar todos sus problemas.

Nunca antes tuvo la oportunidad de deambular por esa zona de Vancouver. Pensar en ello le hizo reflexionar en las diversas cosas que había dejado de hacer por culpa de su enfermedad. Luego comenzó a sentirse culpable por ese momento de tranquilidad, ya que de nuevo contempló su realidad, en la que preocuparse por Daniel era la única emoción que debía permitirse. Un sudor frío recorrió su cuerpo y por un momento tuvo la ligera sensación de que perdería la consciencia. No obstante, Diana respiró hondo y se dio unos pequeños golpecitos en el pecho. Solía hacer ese gesto cuando se sentía nerviosa o alterada como un modo de recuperar la calma.

—Despiértate, Diana —se dijo a sí misma—. Aprovecha que estás fuera de casa y no te quedes sentada.

Su voluntad pudo imponerse a los constantes síntomas de su malestar. Ese día en particular percibía menos dolor, aunque siempre se sintiera débil si permanecía mucho tiempo de pie. Había unos días mejores que otros, y Diana hizo acopio de sus fuerzas confiando en que ese sería uno de sus días buenos. Impulsada por ese pensamiento se dispuso a continuar recorriendo el puerto. A cada paso que daba se imaginaba a Sheila allí días atrás, empujando el cochecito en dirección al parque. Le consolaba figurarse a Daniel tratando de abarcar con los ojos todo lo que se le presentaba. Ya que siempre era un niño sonriente, supuso que hizo ese recorrido rebosante de felicidad.

—Cuando te recupere, te daré paseos por hermosos lugares —prometió—. Aún nos quedan cosas por hacer juntos.

Aunque se sintiera con mayor vigor para caminar sin ayuda, a veces se detenía para concentrarse en su respiración. Quería evitar cualquier sensación de agotamiento que agudizara su solapado malestar. Por lo tanto, pasó un buen rato hasta que finalmente Diana se topó con el Starbucks en su camino. Se quedó de pie frente a la entrada, admirando el parecido que tenía con los que veía en cada esquina de Estados Unidos. Antes de quedar embarazada, ella y su esposo acostumbraban a pasar algunas tardes en esos lugares para reunirse con amigos, ya que no les gustaban los bares.

Cuando entró al Starbucks sintió nuevamente que estuvo a punto de desmayarse. Por eso se apostó en una pared, inclinando su cuerpo para concentrarse en su respiración. Aunque había mucha gente en el lugar, ninguno de los clientes reparó en ella ni se percató de la lividez en su rostro. A Diana le avergonzó la idea de imaginarse desplomada en el suelo y rodeada de extraños. Si no lograba afrontar con éxito esa salida, entonces tendría que darle la razón a Sheila cuando le dijera que debía permanecer siempre en su apartamento. Así que necesitaba demostrarse a sí misma que todavía era alguien capaz de realizar actividades comunes como el resto de las personas. Si conseguía completar el paseo y regresar a su casa sin solicitar la ayuda de su hermana, entonces se avivarían sus maltrechas esperanzas sobre la posibilidad de un futuro en el cual estaba en condiciones de cuidar a Daniel.

Mientras ordenaba sus pensamientos y trataba de calmarse, Diana no se dio cuenta cuando alguien caminó hacia ella hasta que sintió un apretón en su brazo y escuchó la voz amable de una mujer.

—¿Te encuentras bien? —preguntó Annette—. Ven conmigo. Buscaré un puesto para ti.

Desde el mostrador, Annette se percató de la presencia de Diana porque le llamó la atención su expresión angustiada, así como los gestos que hacía mientras se apoyaba en la pared. Le pareció enseguida que necesitaba asistencia, pues, de lo contrario, caería al suelo. En vista de que nadie en el lugar pareció compartir esa misma preocupación, Annette decidió tomarse un descanso para ayudarla. Así la condujo hasta uno de los puestos reservados para mujeres embarazadas o personas con algún tipo de discapacidad física, y se sentó a su lado, dándole todo el tiempo que necesitara para que hablara cuando se sintiera mejor.

—Gracias —manifestó Diana—. Ya me encuentro bien. No quiero molestarla.

—No es ningún problema para mí —dijo Annette—. Yo trabajo acá. La vi desde el mostrador. Le buscaré un poco de agua.

Antes de que Diana pudiera responderle con la intención de negarse, Annette se había ido para cumplir con su resolución. Unos minutos más tarde no solo le trajo agua, sino también un café caliente y un pastelito de hojaldre.

—Es un obsequio —aclaró Annette—. Si necesita algo más, no dude en decírmelo.

—No soy una indigente —replicó Diana con un tono amargo—. No vine acá pidiendo comida.

—No pienso que lo sea —aseguró Annette preocupada—. Es un gesto de buena voluntad. Creo que necesita recuperar fuerzas.

—Lamento haber sido grosera —se disculpó Diana enseguida—. Simplemente me sentí mal conmigo misma.

Pretendía pasar el resto del día sin necesitar la ayuda de nadie. Le agradezco su preocupación.

Diana procedió a tomar un sorbo de café y seguidamente probó un pedacito del pastelito. Al hacerlo le dedicó una sonrisa tímida a Annette, dándole a entender que era de su gusto. Para la dependienta resultó evidente que Diana padecía una grave enfermedad y que aquel desfallecimiento fue causado por un leve malestar o la falta de energía. Percatarse de esto le hizo actuar con mayor cautela frente a ella. No quería importunarla ni tampoco parecer que la ayudaba porque causaba lástima. A pesar de la huella de la enfermedad que pesaba como una sombra sobre su rostro, reconoció en Diana una fortaleza admirable. A su vez, había algo en sus rasgos que le resultaba familiar, aunque de haberla visto antes seguramente lo recordaría.

—¿Ha estado aquí antes? —preguntó Annette—. Me parece familiar.

—No, es la primera vez que vengo —contestó Diana—. Nunca había venido al puerto. En realidad conozco muy poco de Vancouver. Quizá le recuerdo a mi hermana. Ella es una clienta regular.

—¿Su hermana? —repitió Annette, sintiendo que se le esclarecía su duda segundos más tarde—. ¡Sheila Roberts! Me recordaste a ella.

—Sí, es ella —reafirmó Diana—. Es probable que también hayas conocido a Daniel. Es un bebé de dos años. Es mi hijo.

—¡Lo conocí esta semana! —exclamó Annette con entusiasmo, aunque luego recordó que el niño estaba desaparecido—. Su hijo es un niño hermoso. Lo lamento mucho. Me enteré de lo ocurrido. Unos detectives vinieron a hacerme preguntas.

—¿Y qué preguntaron? —se interesó Diana—. Mi hermana me dijo que pasó por aquí antes de ir al parque.

—Sí, eso fue lo que les dije —reiteró Annette—. O al menos fue lo que supuse porque la vi tomar esa dirección en lugar de agarrar el camino para salir del puerto. A los detectives les interesó mi testimonio, pues parecieron extrañados.

Esta observación sorprendió a Diana. ¿Por qué a los detectives les pareció novedosa esta información si supuestamente su hermana fue a la comisaría para contarlo? Continuando la conversación con Annette, calculó que la visita de los detectives fue anterior a la corrección de testimonio descrita por Sheila cuando la llamó. Había algo que no encajaba. Sin embargo, todos sus pensamientos se concentraban en el miedo a que los detectives no consiguieran devolverle a Daniel.

—Ellos todavía no me han dado novedades sobre la investigación —se quejó Diana—. Extraño tanto a mi querido Daniel. Es lo único que me mantiene viva. Necesito estar segura de que no ha sufrido ningún daño.

Su desahogo derivó en llanto, a lo cual Annette reaccionó enseguida estrechándole la mano con fuerza.

—Su hijo aparecerá —la consoló Annette—. No pierda la fe y manténgase fuerte, porque él necesitará a su madre.

Sentirse apoyada logró un efecto tranquilizador en Diana, quien se secó las lágrimas y continuó probando el pastelito que acompañaba al café. Al verla mucho mejor, Annette se sintió satisfecha y siguió reconfortándola con palabras de aliento.

—¿Ha visto de nuevo a mi hermana? —preguntó Diana—. ¿No ha pasado por acá?

—No desde la vez en que andaba con el niño —contestó Annette—. He estado atenta porque quería expresarle mi apoyo por la situación difícil que están afrontando. Y bueno, ahora que te conocí, quiero que sepas que cuentas conmigo.

—Eres un encanto —concedió Diana con dulzura—. Yo se lo diré. No quiero robarte más tiempo, además ya debería irme.

Diana se despidió de Annette, aunque no sin antes intercambiar números. Antes de regresar a su puesto de trabajo, la dependienta insistió en que quería mantenerse al tanto de lo sucedido. Ella le prometió que tendría en cuenta sus intenciones y que le avisaría cuando Daniel finalmente haya aparecido. Considerando que había recuperado el vigor, la señora Evans se propuso continuar con la siguiente fase de su recorrido: caminar hasta el parque ubicado en las inmediaciones del puerto.

El resto del recorrido lo completó sin mareos ni amenaza de desvanecimientos. Diana caminó a lo largo del parque siguiendo el camino pavimentado, flanqueado por bancos y árboles. Se preguntó hasta dónde Sheila habría llegado en el coche y en cuál banco se sentó. Trataba de imaginar cómo debe haber sido observar ese lugar desde la mirada inocente de su hijo. Simultáneamente, comenzaron a aflorar en su mente algunos pensamientos solapados que no se había detenido a explorar.

Ahora que estaba sola, se concentró con mayor detenimiento en responderse las dudas que surgieron a partir de la conversación con Annette y la última llamada que le hizo Sheila para comentarle sobre su paseo en el parque. Todo apuntaba a que Sheila comenzó a hablar sobre su visita al parque solo después de que los detectives se hubieran enterado de ello. Le molestaba que su hermana le diera una versión sesgada de la información. Si esto era así, ¿qué otras mentiras le estaría diciendo? Fue entonces cuando confrontó una sensación desagradable. Dudas y sospechas impronunciables arruinaron su disfrute del aire libre bajo aquel clima agradable. Atormentada por tales sentimientos, quiso regresar a su casa cuanto antes para llamar a Sheila y exigirle explicaciones. No le permitiría a su hermana que manipulara o entorpeciera cualquier alternativa disponible para recuperar a Daniel. Atentar contra eso significaba una ofensa hacia su dolor. El viaje de regreso fue mucho más corto en comparación. La rabia que embargaba a Diana le proveyó una energía inusitada. Con esa misma fuerza se bajó del taxi y subió las escaleras hasta llegar a su apartamento. Una vez adentro cogió el teléfono para llamar a Sheila a su móvil. Repicó varias veces hasta que la llamada se colgó. Se percató que por la hora quizá hubiera ido a su casa para almorzar. Sin embargo, tampoco tuvo suerte marcando el teléfono de su casa. Finalmente, probó contactarla en su oficina, lo cual siempre representaba la última opción y solo en caso de emergencias. Su hermana detestaba ser molestada o que sus asuntos personales fueran conocidos en la oficina. Por esa razón pedía que nadie intentara buscarla en el trabajo para asuntos no relacionados con su oficio. En ese momento a Diana le importó poco el enojo que causaría en su hermana, ya que comparada con su propia cólera la confrontación entre ambas sería inevitable.

—No, la señorita Roberts no se encuentra en su oficina —anunció la recepcionista—. ¿Quiere dejarle un mensaje?

—Soy su hermana, Diana Evans —enfatizó—. Necesito hablar urgentemente con ella. Por favor, dígale que me atienda.

—Ya le dije que no se encuentra, señora Evans —reiteró la recepcionista—. Ni siquiera ha venido a la oficina.

—¿No ha llegado del almuerzo? —insistió Diana—. ¿No le dijo dónde estaría? Por favor, responda con exactitud.

—Hoy no vino a la oficina en ningún momento —reveló la recepcionista tras un largo e incómodo silencio—. Simplemente llamó para decir que no iría y canceló sus citas para hoy. Pero, por favor, no le diga que le he dado esa información. A la señorita Roberts no le gusta que comparta sus mensajes sin que lo autorice.

—La señorita Roberts debe aprender a lidiar con lo que no le gusta —replicó Diana con amargura—. Si vuelve a llamar, dígale que la ando buscando.

Diana colgó antes que la recepcionista siguiera pidiéndole su silencio. Lo menos que le interesaba era ser cuidadosa con lo que sacaba de quicio a Sheila. No poder encontrarla, ni hallar respuesta en ninguno de sus teléfonos de contacto, la hizo caer en pánico. Entró en bronca consigo misma y sus pensamientos, preguntándose: ¿dónde diablos estaba su hermana? Faltar al trabajo era una de las cosas que casi nunca hacía, a menos que surgiera una emergencia. ¿Era posible que estuviera sucediendo algo importante y ella no se hubiera enterado? También existía la posibilidad de haber recibido una llamada de la abogada cuando se encontraba ausente del apartamento debido a su paseo en el parque. Esta suposición la asustó aún más. ¿Y si Sheila estaba resolviendo un asunto relacionado con Daniel y del cual no se había enterado por no estar en el apartamento?

Desesperada, Diana recurre a la única opción que le queda para salir de dudas: llamarme a mí.

15

La llamada de Diana a la comisaría me tomó por sorpresa. Al principio me costó reconocerla y también luego entender lo que me decía. Sonaba tremendamente alterada, haciendo muchas preguntas a la vez. Finalmente conseguí distinguir una pregunta que repitió varias veces desde que atendí: ¿dónde está Sheila?

—¿Cómo podría saberlo, señora Evans? —le respondí con otra pregunta—. No tengo la menor idea. ¿Ha ocurrido algo?

—Eso es lo que no sé —replicó Diana con un temblor en su voz—. Ya no estoy segura de nada. ¿Podrían venir a mi apartamento?

—Estaremos allá en cuestión de minutos —prometí—. No se mueva.

Cumpliendo con mi palabra, el detective Chang y yo nos presentamos en la puerta del apartamento tan pronto como pudimos. Diana no pasó los seguros, por lo cual pudimos entrar cuando su voz nos pidió que lo hiciéramos. El apartamento estaba casi a oscuras, con las cortinas corridas y solo una lámpara encendida. Hallamos a la señorita Evans medio desfallecida, recostada en el sofá, mientras su gato permanecía a cierta distancia sin quitarle la mirada de encima. Vista así a media luz creaba una impresión espectral, como si estuviéramos ante un fantasma. Considerarlo de esta forma generó en mí una triste inquietud porque la sentí como una premonición del destino que le esperaba a esa solitaria mujer si no conseguía reponerse.

—¿Cómo se siente? —se adelantó a preguntar el detective Chang—. La ayudaremos en lo que necesite.

Como respuesta a esta intención, Diana le pidió a Simon que le sirviera un vaso de agua fría. Aseguró que sentía la garganta seca y que en tales condiciones le incomodaba hablar. El detective obró con prontitud, trayéndole el agua con cubos de hielo que consiguió en el refrigerador.

—A veces siento que trago tierra —confesó Diana sentándose torpemente en el asiento para beber el agua—. Gracias a ello ahora tomo mucha agua. Antes no lo hacía, y supongo que eso no es bueno para el organismo.

—Nunca es tarde para cambiar malos hábitos —añadí—. Estábamos preocupados por usted mientras conducíamos hasta acá. Nos asustó su llamada. Queremos asegurarnos de que todo está en orden.

—Agradezco que hayan venido —expresó Diana con un hilillo de voz—. He tenido una mañana agitada. Me atreví a hacer un paseo por mi cuenta. Creí que me haría bien, pero solo logró que aumentara mi angustia pensando en Daniel.

Sin escatimar detalles, Diana nos narró cada uno de los pasos de su exploración en el puerto de Vancouver, incluyendo su parada en el Starbucks, donde tuvo una conversación con Annette, seguida de la crisis nerviosa que sufrió en el parque y por la cual se obligó a regresar a su apartamento. También nos habló de sus miedos y dudas en relación con las omisiones de Sheila, a la vez que se desahogó describiendo su desesperación por no ubicarla de inmediato.

Escuchar que la señorita Roberts no respondió a ninguno de los teléfonos asociados a ella me inquietó. Se suponía que ese mismo día organizaríamos los turnos de vigilancia en su casa y oficina para ejecutarlos tan inmediato como fuera posible. Como todavía no habíamos empezado, temí que Sheila hubiera huido a tiempo antes de llevar a cabo nuestros planes. Esta revelación me hizo querer disparar las alarmas y llamar a la comisaría para que localizaran a la abogada a toda costa. No obstante, contuve mis impulsos porque quería evitar que Diana se diera cuenta de mi preocupación. Nuestras suposiciones no debían convertirse en acusaciones que se filtraran por personas fuera de la comisaría, incluso si se trataba de la denunciante.

—Su hermana debe estar resolviendo algún asunto de trabajo —intervino Chang al ver que mi expresión de preocupado mutismo podría despertar sospechas en Diana—. Recuerde que es una mujer muy ocupada.

—Lo sé —apoyó Diana—. Quizá me estoy comportando como una tonta. Sin embargo, necesito hablar con ella. No quiero que me oculte nada de lo relacionado con la investigación. Por eso también los he llamado, para comprobar si ella no sabía algo que yo desconociera.

—Nosotros no le daríamos ninguna información sin compartirla también con usted —le aseguré—. Y en efecto, tal como usted supuso, obtuvimos su testimonio de haber estado en el puerto porque alguien de la guardería la reconoció en esa zona. Ella simplemente aceptó que era cierto lo que descubrimos cuando hablamos con Annette y confirmamos nuestras sospechas.

—Sheila no me dijo que ustedes la habían mandado a llamar —repitió Diana—. Eso es lo que no comprendo. ¿A qué se deben esas mentiras? ¿Acaso intenta protegerme para que no me sienta mal? ¿O hay algo más que me está ocultando? Ustedes deben saberlo. Por algo la interrogaron. Por favor, aclaren mis dudas.

—No podemos hablarle de los avances del caso —aseveré—. Sin embargo, lo que sabemos sobre su hermana y sus declaraciones no explica por qué decidió omitir que ese paseo había ocurrido hasta que la disuadimos de aceptarlo como cierto. Tampoco tenemos ninguna explicación para su ausencia del día de hoy.

—En cualquier caso, es muy pronto para creer que Sheila está desaparecida —recordó el detective—. Tendrían que pasar unas cuarenta y ocho horas durante las cuales no haya tenido contacto con nadie conocido. Trate de tranquilizarse, señora Evans, por el bien de su salud. Es probable que su hermana no tarde en llamarla.

Simon se comportaba como debía, evitando alimentar la sensación de paranoia que presentaba Diana desde que llegamos. Aun así, no pensaba desaprovechar la oportunidad de hablar con ella para obtener un testimonio franco de su vida y de la relación con su hermana. Mientras más averiguara sobre la historia de ambas mujeres, eso me permitiría elaborar un perfil adecuado de Sheila como sospechosa. No era común que una hermana intente deshacerse de su sobrino, pero conocía suficientes precedentes de disputas familiares como para comprender que tampoco era una situación inusual. Sin embargo, en ese tipo de situaciones existían indicios de antiguos rencores y rivalidades. La vieja historia de Caín y Abel nunca dejaba de repetirse, incluso cuando no se derramaba sangre, pero se cometían actos igualmente condenables.

—Mientras tanto, no nos molesta hacerle compañía —manifesté—. ¿Le importaría si le hago algunas preguntas de carácter personal? Me gustaría que nos contara sobre la relación con su hermana. No lo vea como un interrogatorio oficial, sino más bien como una conversación.

—No me incomoda responder sus preguntas, detective —respondió Diana—. Sea libre de preguntar lo que quiera saber. Quizá no fui la persona más receptiva la primera vez que me vinieron a visitar, y me disculpo por ello. Ustedes me inspiran confianza. He notado que se comprometen con su trabajo. Eso me reconforta.

—Estamos aquí para servirle a usted y a cualquiera en la comunidad —agradecí—. Ahora bien, lo que quiero preguntarle es si todo el tiempo ha sido muy apegada a su hermana. ¿Han mantenido siempre una relación cercana?

—No sabría hallar una palabra adecuada para definir nuestra relación —se sinceró Diana—. Creo que «tensa» sería el término apropiado. Yo quiero a mi hermana, por supuesto, pero el contacto entre nosotros no siempre fue amable. Sin embargo, las relaciones entre hermanos son complicadas. Supongo que podrá imaginárselo.

—Creo entender —señalé sin expresar ningún juicio de valor—. Yo fui hijo único. No sabría decir cómo se siente tener un hermano.

—La competencia entre hermanos siempre existirá —destacó Diana—. A pesar de cualquier distanciamiento que hayamos tenido en el pasado, en este tiempo nos hemos acercado mucho más en comparación con el resto de nuestras vidas. Sheila me ha dado todo su apoyo en estos momentos tan difíciles para mí. A pesar de su severidad, ella me ha dado la compañía y el cuidado que necesito. Eso por sí solo representa una deuda impagable.

—Tengo entendido que usted se mudó recientemente a Vancouver —referí para recalcar que conocía más información de la que ella suponía—. Sin embargo, la distancia geográfica no necesariamente es un impedimento para que

126

dos hermanas se mantengan alejadas en otros sentidos. Pero ¿ha sido eso lo que causó el distanciamiento que menciona?

—Sheila lleva tiempo viviendo en Vancouver —explicó Diana—. Siempre se le dio bien ganar dinero, no tenía problemas en su vida y no parecía preocuparse por nada. En cambio, yo era la rebelde de la familia. Esto generó problemas con mis padres y también con ella. Pero creo que fue mi matrimonio lo que acentuó la tensión entre nosotras.

Junto con esta declaración, Diana reveló que su hermana se mostró hostil ante la idea de que se casara. Aparentemente su molestia se debía a que Sheila nunca le perdonó a su hermana que no culminara sus estudios, ni se preocupara por ser alguien en la vida. Creía que la decisión de casarse respondía a su conformismo de dejar que alguien más se ocupara de ella.

—Mi esposo y ella nunca llegaron a conocerse —reportó Diana—. Nunca fuimos juntos a Vancouver. No nos pareció prudente, considerando que no asistió a la boda. Ella alegó que ese día defendería un caso cuyo juicio no podía ser aplazado. Pero yo comprendía que no aceptaba el camino que elegí. A veces siento que se resintió porque ella no lo logró primero.

—No diría que su hermana sea el tipo de persona que quiera casarse —comenté—. Al menos parece que ha respondido bien como tía.

Mi observación era bastante ambigua, considerando la opinión que tenía de Sheila, hasta el punto de que el detective Chang carraspeó en modo desaprobatorio. Hasta el momento se había mantenido en absoluto silencio, escuchando la conversación entre ambos. Pese a ello, Diana desconocía mis sospechas, por lo cual no notó nada extraño en mi observación.

—Ahora las cosas son distintas —aceptó Diana—. En

efecto, Sheila no solo se ha portado bien conmigo durante mi enfermedad, sino también con Daniel. Al principio temía que su rechazo hacia mi matrimonio se extendiera a su sobrino, pero no ha sido así. Él logró conquistarla. Para ser honesta, me incomoda un poco la extrema atención que le dedica.

—¿En qué sentido le incomoda? —inquirí—. ¿Pasa mucho tiempo con él?

—El suficiente como para sentirme celosa —confesó Diana—. No debería sentir eso por la ayuda que ella me está prestando, pero estoy siendo honesta. En todo caso, soy consciente de que no estoy en la mejor capacidad para ser una madre a tiempo completo.

—Es normal lo que siente —me mostré comprensivo—. Le gustaría compartir con su hijo sin las preocupaciones que ahora la rodean.

—Así es —apoyó Diana—. El único detalle que me perturbó al principio fue el hecho de que Sheila insistiera en cuidar a Daniel cada vez que me tocaba otra sesión de quimioterapia. Yo no quería alterar sus rutinas, y me sorprendió que se ofreciera sin reparos. Sin embargo, habría preferido que gastara su dinero en pagar una niñera aquí en el apartamento en lugar de llevárselo a su casa todos los meses. Pero yo no estoy en la posición de hacer exigencias.

—Es la madre de Daniel —subrayé—. Está en su derecho de decidir dónde quiere que su hijo pase el tiempo.

—No tengo el dinero para pagar una niñera —replicó Diana con resignación—. Estoy siendo injusta con mi hermana. No debí decir estas cosas. No quisiera que las malinterpretaran. Me sentí bien desahogándolas porque es la primera vez que se las digo a alguien. Hoy quería hablar con Sheila porque deseaba que supiera cómo me sentía respecto a su actitud sobreprotectora con Daniel y conmigo. Me atormentaba suponer que estaba ocultándome algo. Me doy cuenta de que he sido una exagerada.

—No se preocupe —reiteré—. Lo que nos haya dicho quedará entre nosotros. No lo usaremos para ningún informe. Nos alegra, en cambio, que haya tenido la confianza para hablarnos de esta forma. Muchas veces en este tipo de investigaciones es importante recordar que estamos lidiando con seres humanos y no con nombres mencionados impersonalmente en un informe. Usted me ha recordado eso y lo agradezco.

—Creo que es tiempo de que regresemos a la tarea —opinó Chang—. No dejemos que se nos pase el tiempo.

Supe que la «tarea» a la cual se refería mi compañero eran los planes de vigilancia en torno a Sheila que todavía no fueron llevados a cabo. La supuesta desaparición sobre la cual nos alertó Diana representaba un problema grave. Si en verdad no era posible localizarla en ninguno de sus lugares habituales durante las siguientes horas, entonces tendríamos que enfrentar al inspector Grandville. Decirle que nuestra principal sospechosa consiguió escaparse frente a nuestras narices solo nos haría quedar mal, incluso si confirmaba su estatus de presunta culpable. Esta comprobación no debía lograrse mediante un desafortunado error de nuestra parte.

Conseguimos evitar que Diana se percatara de la preocupación que nos embargaba y nos despedimos con absoluta naturalidad. Parecía relajada, comparada con el estado en que la hallamos. Era tiempo de dejarla sola para que descansara tras el ajetreado día que había tenido. Para nosotros, en cambio, comenzaría la angustia si no conseguíamos a Sheila en las próximas horas.

16

SABIENDO que Sheila no pudo ser contactada por su hermana
ni en su casa ni en su oficina, el detective Chang y yo salimos
del apartamento de Diana con la expresa intención de resolver
ese nuevo misterio. No pretendíamos regresar a la comisaría
hasta no encontrar a la señorita Roberts en sus espacios habituales o cerciorarnos de que realmente estaba «desaparecida».
Mi compañero era partidario de que fuéramos cautelosos para
no dejarnos llevar por la desesperación. Lo más probable era
que Sheila no estuviera haciendo nada particularmente
inusual, porque no había modo alguno en que supiera que
estaríamos a punto de vigilarla. Todavía no existían acusaciones en su contra que le previnieran de tomar medidas
extremas, como escapar de nuestra jurisdicción.

El razonamiento de Simon era sensato. Nos convenía no
actuar irresponsablemente porque entonces nuestra sospechosa se daría cuenta de que teníamos los ojos puestos sobre
ella. No obstante, para mí fue inevitable conformarme con
esperar. Necesitaba una respuesta inmediata que me confir-
mara las suposiciones de mi compañero para tranquilizarme.

Seguir de cerca los pasos de Sheila nos daba una ventana de posibilidad para recuperar a Daniel. Si ella desaparecía, con ella se irían también las probabilidades de resolver el caso. Lo que más temía era que regresara a Estados Unidos para escapar de la jurisdicción canadiense. En el caso de que esto sucediera, no solo habríamos fracasado, sino que no soportaría imaginar a Diana perdiendo las esperanzas de reencontrarse con su hijo.

—Vayamos a su casa —propuse—. Nos estacionaremos cerca del lugar esperando a que llegue.

Simon aceptó mi propuesta y estuvimos ahí en poco tiempo, ya que las residencias de ambas hermanas se encontraban muy cerca. La señorita Roberts vivía en un pequeño suburbio distinguido por una serie de casas pintorescas. Hicimos una primera vuelta de comprobación, gracias a la cual observamos que su coche no estaba aparcado en el garaje. No era prudente estacionarse allí, ya que atraeríamos el interés de los vecinos. Por lo tanto, tuvimos que conducir nuevamente a las afueras del suburbio y quedarnos allí mientras tomábamos una decisión. Para asegurarnos de que la abogada en verdad no estaba en su casa, llamamos al teléfono del domicilio. La llamada se colgó sola tras varios repiques. Por su parte, mi compañero llamó a su oficina haciéndose pasar por un cliente, pero la recepcionista reiteró que Sheila no se encontraba y que se aseguraría de notificarle su llamada.

—La espera se mantiene —expresó Chang—. ¿Cuándo sería prudente avisarle a Grandville si no aparece?

—Cuando estemos seguros de que no aparecerá —establecí—. Para tener esa certeza me temo que deberíamos entrar en su casa.

—¿Sin una orden oficial? —preguntó Chang horrorizado—. Nos meteríamos en un gran problema si Sheila nos encuentra. O incluso si ha estado en su apartamento todo este

131

tiempo, pero no ha querido atender las llamadas. No podemos atentar contra una propiedad privada.

—Ella no está ahí —dije tratando de infundirle confianza a mi compañero—. Ya viste que su carro no estaba aparcado. Esta es quizá la mejor oportunidad que tenemos.

—¿Oportunidad de qué? —inquirió Chang mostrándose suspicaz—. Quieres que hagamos un allanamiento de morada para buscar evidencias que confirmen su culpabilidad. Si las conseguimos de esa manera, fácilmente las descartarán.

—Con saber que algo incriminatorio existe nos bastaría —defendí—. Además, también me preocupa que la desaparición de Sheila se deba a algo más grave que un intento de huida.

—¿A qué te refieres? —preguntó Chang—. ¿Crees que le haya sucedido algo malo?

—No descartemos ninguna posibilidad —apunté—. Si Sheila se ha involucrado con delincuentes para secuestrar o vender a su sobrino, estos podrían haberse vuelto en su contra. Suele ocurrir cuando una persona supuestamente «decente» negocia directamente con criminales.

—Es una teoría plausible —aceptó Chang—. Te acompañaré hasta la puerta de su casa para mirar a los alrededores. No tengo la intención de entrar a menos que haya algún indicio claro de que ha ocurrido una situación irregular. Si tú decides forzar la entrada, quedas por tu cuenta.

—De acuerdo —acepté—. Asumiría toda la responsabilidad.

Para no llamar la atención caminamos tranquilamente por el suburbio residencial, recorriendo la acera perfectamente adoquinada que bordeaba el conjunto de casas. Era un vecindario tranquilo, con un ambiente reconfortante para dar paseos, ya que te sentías alejado del trajín de la calle, pero al mismo tiempo no te hallabas completamente aislado porque contabas con varios vecinos a tu alrededor. Apreciar el lugar me ayudó a darme una idea de cuáles eran las posibles aspiraciones de una mujer como Sheila. No era una zona particularmente lujosa, aunque quienes vivían allí representaban a una clase media de la región con grandes aspiraciones de aumentar su estatus social en el futuro. Parecía el tipo de lugar cómodo y agradable en donde alguien pasaría unos años de su vida antes de mudarse a la casa de sus sueños cuando tuviera el dinero para permitírselo.

La casa de Sheila constaba de dos pisos y un porche amplio, además del respectivo garaje. Al caminar hacia la puerta noté una extraña quietud envolviendo el lugar. Me sentí embargado por un raro presentimiento. Chang se adelantó y tocó el timbre para corroborar lo que ya era evidente, Sheila no estaba allí.

—Tratemos de ver a través de las ventanas —propuse—. Yo revisaré la parte de atrás.

Mi compañero y yo nos separamos, rodeando la casa en sus respectivos extremos. El patio trasero estaba descuidado en comparación con el aspecto del césped bien cortado presente en la entrada. Con cautela miré a mi alrededor para comprobar que ningún vecino estuviera afuera. No se veía a nadie en los alrededores, así que me acerqué a la puerta trasera y le di dos golpes, replicando las intenciones de mi compañero. Seguidamente me sentí tentado a cruzarla. Lancé otra mirada nerviosa a mis espaldas y extendí mi mano para empujar la puerta, cuando un grito interrumpió mi acción antes de completarla:

—¡Ven acá, Devon! —me llamó Chang—. Creo que debes ver esto y decirme qué te parece.

Rápidamente volví a la entrada principal y le di un rodeo, donde hallé a mi compañero con el cuerpo inclinado asomándose por una de las ventanas laterales de la casa. Algo allí adentro llamó su atención.

—Aquí estoy —me anuncié a sus espaldas—. ¿Qué encontraste?

El detective se apartó de la ventana y me hizo una seña para que lo imitara, invitándome a comprobar su descubrimiento sin decirme de qué se trataba. Así lo hice y lo primero que me llamó la atención es que desde esa posición conseguía verse una parte de la cocina.

—Dime si ves lo mismo que yo —fue cuanto dijo Chang—. Fíjate en el suelo de la cocina.

La recomendación de Simon hizo que bajara la mirada para descubrir lo que él estaba esperando que yo identificara: unas manchas sospechosas en el suelo de la cocina.

—¡Lo veo! —exclamé apartándome de la ventana—. No quiero ni decir en voz alta lo que parece hasta cerciorarme. Deberíamos entrar.

Yo estaba dispuesto a forzar la puerta si hacía falta para introducirme en la casa, pero el detective Chang me salió al paso para detenerme.

—Hagamos esto de la manera correcta —solicitó Chang—. Lo que sea que signifiquen esas manchas, son las huellas de algo que ya ocurrió. No hay nada que podamos hacer. Si estamos ante una probable escena del crimen, tenemos el deber de reportarla y esperar instrucciones. De lo contrario, la contaminaremos y atrasaremos la investigación.

El punto expuesto por Chang era completamente válido. Algo malo había sucedido dentro de aquella casa, pero para entrar debíamos solicitar la autorización de nuestros superiores. En ese momento maldije con todas mis fuerzas a la burocracia. No obstante, me ceñí a los consejos de Simon y lo dejé obrar conforme a su sensatez. Con este propósito el detective llamó a la comisaría, mientras, yo intenté calmarme sentándome en el piso del porche. No necesitaba volver a asomarme en la ventana para tener una imagen clara de lo que reconocí: ¡un charco de sangre! Para ese momento temía lo peor, aunque no tuviera una certeza clara de lo que esperaba encontrar. Escuché a mi compañero contarle al inspector sobre nuestra visita en la casa de Sheila y lo que creímos haber visto.

—Nadie responde a la puerta —repitió Chang—. Y el auto de Sheila no está aparcado. Sin embargo, me temo que adentro hay alguien muerto o herido. Como no escuchamos ninguna llamada de auxilio, no entraremos sin la debida autorización.

—¡Hagan una entrada de emergencia! —ordenó Grandville—. Yo mandaré refuerzos de inmediato.

El detective colgó la llamada y sin ninguna advertencia le dio una patada a la puerta. Esta cedió rápidamente como prueba de que había sido forzada. Ambos corrimos en dirección al lugar donde vimos las manchas sanguinolentas. Simon se me adelantó y avanzó por el pasillo. Al alcanzarlo en la entrada de la cocina, lo hallé inclinado ante el cadáver de Sheila reposando sobre un gran charco de sangre a su alrededor.

—Esto sucedió hace menos de una hora —observó Chang—. La sangre no se ha secado.

Según las heridas visibles en el cuerpo, había sido apuñalada varias veces. Debido a mi profesión había visto muchos cadáveres, pero esa era la primera vez en mucho tiempo que sentí un nudo en el estómago seguido de unas ganas de vomitar. Nunca creí que esto podría ocurrirle a nuestra principal sospechosa. Nunca imaginé que la desaparición de Daniel traería consecuencias mucho más graves y dolorosas de las que ya existían. Su muerte representaba la apertura de un camino a ciegas que cada vez reducía las esperanzas de conseguir a Daniel sano y salvo. ¿Cómo le daríamos a Diana tan terrible noticia?

Yo estaba prácticamente en *shock*, incapaz de articular una palabra. Otro detalle significativo era que el teléfono móvil de Sheila estaba a poca distancia de su mano extendida. ¿Había tratado de realizar una llamada mientras se desangraba? No obstante, los dos permanecimos de pie frente al cadáver, sin tocar ningún objeto a nuestro alrededor. Cualquier cosa podría servir como pista y lo mejor era contar con la ayuda de manos expertas. Simon alertó a la comisaría, pidiendo refuerzos y un equipo forense para cubrir la escena del crimen. Ya no se trataba de la simple desaparición de un niño. El caso se había complicado alcanzando niveles que nunca hubiéramos creído posible. Ahora nos correspondía investigar un homicidio.

17

El ambiente tranquilo del vecindario fue perturbado por la llegada de patrullas y ambulancias. Los vecinos de la urbanización salieron a las puertas de sus casas y se congregaron en las aceras para comentar sus impresiones. No sabían por qué la calle estaba rodeada por la aparición de tantos policías, pero estimaron que una desgracia ocurrió en la casa de Sheila Roberts. Un cordón de seguridad fue establecido en torno a la casa para evitar la entrada de curiosos o cualquier persona cuya presencia no fuera autorizada. Mientras los expertos se ocuparon de la escena del crimen, Simon y yo salimos al exterior. Todavía nos sentíamos consternados por el funesto hallazgo.

—Esto no debió suceder —repetí—. No tiene sentido.

—Tú mismo dijiste que quizá ella tuvo cómplices —me recordó Chang—. Quien le haya hecho esto a Sheila también está involucrado con el secuestro de Daniel.

En ese preciso momento empezaron a llegar otros camiones que no se correspondían con el departamento de

Policía. Las insignias en los camiones me permitieron reconocer de inmediato que se trataba de periodistas.

—Llegaron los buitres —señalé—. Dejemos que los oficiales se encarguen de ellos. Deberíamos regresar a la comisaría para establecer un nuevo plan con el inspector.

—Me parece buena idea —aceptó Chang—. No aportamos nada permaneciendo aquí. Tampoco quiero presenciar el circo que montarán. Ya Criminalística nos enviará sus resultados.

Conseguimos escabullirnos justo antes de que los equipos de periodistas descargaran sus cámaras e intentaran traspasar el cordón de seguridad. Supuse que cuando no los dejaran pasar entonces se dedicarían a hacer entrevistas entre los vecinos y a manifestar truculentas conjeturas sobre los acontecimientos. Lo que mi compañero y yo desconocíamos era que los periodistas sabían mucho más de lo que creíamos. Fue inmensa la sorpresa que nos llevamos cuando al caminar por los pasillos de la comisaría nos salió al encuentro el asistente de Granville:

—El inspector quiere verlos —anunció—. Los espera en su despacho.

Desconocíamos las razones por las cuales requería nuestra pronta presencia, pero no me costaba imaginar que se relacionaba con la escena del crimen que dejamos atrás. Aun sin esa petición, estábamos allí para verlo, por lo cual comencé a pensar que habían otros motivos. La respuesta estaba en la persona que conversaba con el inspector cuando entramos a su despacho: la señora Lionel. Al vernos, esta se puso de pie enseguida, muy alterada y lanzando improperios contra nosotros.

—Ustedes son los culpables —acusó Lydia—. Yo confié en ustedes, y se pasaron de la raya. Ahora ellos arruinarán mi reputación. El trabajo de toda una vida quedará deshecho.

Ustedes sabían que yo no era la culpable y aun así lo permitieron.

La mujer sollozaba entre una frase y otra. A nosotros nos costó entender a qué se refería, así que la miramos alternativamente a ella y al inspector, intentando buscar una explicación coherente a sus quejas.

—No entiendo a qué se refiere, señora Lionel —admití—. ¿Quiénes son ellos?

—Los periodistas, agente Devon —explicó Grandville—. De alguna forma se enteraron del caso.

—Mi foto aparece en los periódicos —sollozó Lydia—. Yo no tengo nada que ver con la desaparición de Daniel. ¡Lo juro!

—Los periodistas apenas han llegado a casa de Sheila —interpuso Chang—. Apenas deben estar descubriendo que está muerta.

—¿La señorita Roberts ha muerto? —exclamó Lydia—. ¡Oh, por Dios! Las desgracias no se terminan.

La información que se le escapó a Chang consiguió que empeorara su estado de ánimo, y Grandville le echó al detective una mirada reprobatoria. Debido a su estado de nerviosismo, el inspector mandó a llamar a su asistente para que se llevara a la señora Lionel consigo, con la orden de encargarse de ella. Pidió que la mantuvieran aislada y le dieran lo que pidiera en el caso de que sintiera hambre o sed. No era conveniente dejarla ir de la comisaría mientras se sintiera de aquel modo. Cuando finalmente estuvimos a solas, recibimos la explicación a nuestras dudas: la fotografía de Lydia apareció en todos los periódicos de la ciudad, y los padres, asustados, se habían llevado a la mayoría de los niños lejos de su cuidado. La preocupación de la señora Lionel no era infundada. La guardería no tardaría en quedar clausurada para siempre por culpa de la exposición mediática.

—De alguna forma se ha filtrado la información —refirió Grandville—. Y sucedió en nuestras narices. Ni siquiera fuimos eficientes para descubrirlo esta mañana. Me enteré gracias a la visita que me hizo la señora Lionel. ¿Quién pudo haber contactado a los periodistas? La señorita Roberts ya no está viva. Quizá haya sido la madre del niño.

—¡Imposible! —contradijo Chang—. Pasamos parte de la mañana acompañando a la señorita Evans. Parecía mucho menos enterada que nosotros de que eso estaba sucediendo. De hecho su principal preocupación era encontrar a su hermana.

—Cabe la posibilidad de que haya sido Sheila —interpuse—. Ya no lo sabremos.

—O pudo haber sido su asesino —expuso Chang—. El posible cómplice del secuestro de Daniel.

—¿Y si esa fue la causa que motivó el asesinato? —añadí—. Puede que Sheila haya difundido la información entre los periodistas, sintiéndose acorralada por nuestra investigación y temerosa de ser descubierta. Un recurso desesperado para crear una distracción que entorpeciera nuestros avances. Tal acción no debió ser del agrado de sus potenciales cómplices y por eso fueron hasta su casa para ajustar cuentas.

—Es una teoría plausible —concordó Grandville—. De cualquier manera, ahora nos corresponde lidiar con las consecuencias. Pronto me veré obligado a dar una rueda de prensa para comentar ambas situaciones: la desaparición de Daniel y el asesinato de Sheila. Habría preferido que no llegáramos hasta este punto. Ahora debemos ser mucho más agresivos.

—Lamentamos las molestias que hayamos podido causar —me disculpé en nombre mío y de mi compañero—. Haremos todas las enmiendas que usted crea necesarias.

—Afrontaremos los acontecimientos sobre la marcha —nos exculpó Grandville—. No hay tiempo para andar repartiendo culpas y sentirnos mal por ello. Al contrario, las circunstancias demandan acciones. ¿Cuáles fueron sus primeras impresiones en la escena del crimen? ¿Cómo creen que murió Sheila? Necesito los detalles preliminares del asesinato.

—A primera vista me pareció reconocer heridas de puñaladas —explicó Chang—. Fueron varias en distintas partes del pecho. Supongo que fue con algún cuchillo de la cocina. Desconocemos si el arma homicida se encontraba en la escena del crimen. Al menos no estaba cerca del cuerpo.

—No parece que el crimen haya sido premeditado —agregué—. Creo que fue un acto impulsivo como conclusión de una discusión. Solo nos resta esperar los resultados de la autopsia y el informe de los encargados de la escena del crimen.

—Eso podría tardar unas cuantas horas —adivinó Grandville—. ¿No sospechan de nadie relacionado con la guardería?

—Yo hablé con todos los empleados por teléfono —recordó Chang—. Estaban al tanto de la situación porque Lydia ya les había hecho preguntas al respecto. Ninguno me pareció sospechoso al cotejar sus testimonios con sus expedientes limpios.

—Solo hay dos personas con las cuales no hemos tenido contacto —concluí—. Los conductores del transporte: Harold y Elizabeth. Nos ha costado localizarlos. Aunque tampoco tuvimos tiempo de buscarlos porque nos estábamos enfocando en Sheila.

—Investiguen los movimientos de Sheila en las últimas veinticuatro horas —ordenó Grandville—. Y entrevisten a esos dos sujetos. Si son tan esquivos para ser ubicados, quizá es porque están involucrados en negocios ilícitos. Esto podría conducirnos a una conexión entre ambos casos. De cualquier manera es lo único que tenemos hasta ahora. Al menos servirá para descartarlos si no hallan nada que los inculpe.

—Hoy mismo los localizaremos —prometí—. Haremos todo lo que sea necesario.

—Eso espero —replicó Grandville—. Yo me encargaré de calmar a la señora Lionel antes de enviarla a su casa.

18

Para cumplir con las órdenes del inspector, finalmente resolvimos hacer la llamada que las circunstancias nos habían obligado a aplazar. En ese momento, el único medio para comunicarnos con Harold era el número de contacto que nos facilitó Lydia. Según el código, había muchas áreas de Vancouver a las cuales podría pertenecer ese teléfono, por lo cual tardaríamos un tiempo del que no disponíamos para intentar descubrir una dirección poco fiable. Hablar directamente con él era la mejor alternativa.

Por lo tanto, el plan era que lo llamaríamos de manera encubierta y contando con la presencia de unos expertos en rastreos de llamadas. Uno de nosotros se haría pasar por un cliente recomendado que solicitase su servicio de transportes. Para ello también haríamos uso de equipos especializados. Los agentes que nos acompañarían en esta misión aseguraban que sería sencillo conseguir la ubicación del teléfono siempre y cuando mantuviéramos la conversación durante un margen no menor a los dos minutos. Si se trataba de un teléfono móvil, el margen de error dependía de si la llamada era aten-

143

dida dentro de un vehículo en movimiento o en una situación de extrema movilidad. A su vez, dar con una dirección exacta desde la que provino una llamada no necesariamente significaba que esta correspondería al hogar de una persona. Sin embargo, no perdíamos nada con intentarlo.

—Cuando quieran —dijo uno de los rastreadores—. Ya el equipo está listo para hacer el reconocimiento.

—¿Quieres intentarlo tú? —me preguntó Chang—. O prefieres dejármelo a mí.

—Prefiero que tú te encargues —decidí—. No creo que yo sea un actor convincente.

—De acuerdo —aceptó Chang marcando el número—. Aquí vamos.

El tono de espera repicó varias veces hasta que se colgó. Nos alivió el hecho de que la llamada no fuera identificada como un número fuera de servicio. Simplemente la llamada no había sido atendida. Para intentarlo nuevamente esperamos cinco minutos. Esta vez hubo respuesta por parte de una voz ronca y de mal genio.

—Hable —contestó Harold—. ¿Quién llama?

—¿Hablo con Harold Findlay? —preguntó Chang—. Es Albert. Me dijeron que usted hacía trabajos de transporte.

—Ya no estoy haciendo esos trabajos —respondió Harold—. Lamento no poder ayudarle.

—Espere un momento —previno Chang antes que colgara—. Será un trabajo bien remunerado. Necesitamos de alguien que tenga una furgoneta y la sepa conducir. Para este fin de semana.

—¿De cuánto dinero estaríamos hablando? —preguntó interesado—. Quizá podría pensarlo.

—Preferiría que usted me ofrezca un presupuesto —respondió Chang—. Le explico en qué consiste el trabajo: llevaremos a una pareja de ancianos a lo largo de Vancouver.

Nunca antes han conocido el lugar y me están pagando como guía turístico para ellos. Solo me hace falta el transporte. Serían doce horas de transporte, probablemente.

—Podría salirle costoso —advirtió Harold—. Sin embargo, antes debo estar seguro de que no estaré fuera de la ciudad este fin de semana. Yo lo llamo más tarde y le doy un presupuesto, dependiendo de mis planes. ¿Quiere darme otro número o uso este mismo para contactarlo?

—Sí, llámeme a este número —afirmó Chang—. Espero que su respuesta sea positiva. Me sacará de un apuro.

—Seguro —expresó Harold—. No le prometo nada. Si no llego a llamarlo es porque se me complicaron mis planes y no dispongo de tiempo esta semana. No vuelva a llamarme si yo no lo he hecho antes.

Y así, sin más, colgó la llamada. A juzgar por lo que escuchamos, era un hombre antipático y bastante interesado. Por fortuna, la llamada cubrió la duración necesaria para completar el rastreo. Los expertos tardaron unos minutos en anotar y verificar los datos obtenidos antes de exponernos el resultado.

—Tenemos una dirección —señaló el experto—. El número corresponde a un teléfono móvil, pero la llamada fue atendida desde un domicilio concreto. Se trata de una casa a nombre de Virginia Findlay. Una señora de setenta años.

—Debe ser su madre —señalé—. Podemos ir ahora mismo. Si no conseguimos dar con Harold, al menos podremos interrogarla a ella.

19

Conducimos hasta la casa de la madre de Harold, cuya dirección se correspondía con una zona en las afueras de la ciudad. Durante el camino mantuvimos una acalorada conversación, en la cual mi compañero desahogó los sentimientos encontrados que tenía respecto a mis métodos.

—Debimos concentrarnos en Harold y Elizabeth desde el principio —expresó Chang—. Ahora será más difícil localizarlos.

—Hicimos lo que parecía más sensato —respondí—. Los indicios apuntaban a que Sheila era la culpable. Independientemente de quiénes fueran sus cómplices, ella era el punto focal de nuestra investigación.

—Solo porque convenciste a Grandville de que así lo fuera —replicó Chang sin ocultar su resentimiento—. Fuiste terco ante mis recomendaciones. Desestimaste la necesidad de interrogar a Harold y Elizabeth como si fuera algo que todavía no parecía prioridad. Y justo en este instante se ha convertido en nuestra búsqueda principal.

—Y aun así no tenemos ninguna seguridad de que ellos

estén involucrados —repliqué—. Queremos desesperadamente conseguir una respuesta a través de ellos. No concentremos nuestra esperanza en esto. Es probable que terminemos más frustrados que antes. Con Sheila muerta nos será más difícil hallar a Daniel. No olvides que ese es nuestro caso principal.

—Descubrir al autor del homicidio ha adquirido la misma importancia —repuso Chang—. Si te empeñas en concebir ambos acontecimientos como casos distintos no le harás ningún bien a la investigación.

—¿Qué pretendes entonces? —pregunté manteniendo la vista al frente del volante—. ¿Quieres que me retire del caso y te lo deje a ti? Yo soy responsable de los errores que se hayan cometido en la investigación, pero no por eso la abandonaré. Al contrario, es mi deber devolverle a Diana el hijo que extraña. Si en el futuro no quieres volver a trabajar conmigo, lo comprenderé. Pero por ahora, concluyamos este trabajo.

—No estoy sugiriendo que te retires —sostuvo Chang—. Lo que aconsejo es que aprendas a valorar las opiniones de otras personas. Nada te cuesta contemplar otras alternativas aún cuando creas que tus conjeturas son las más aproximadas a la verdad. No dudo de tu instinto, y siempre será un honor trabajar contigo. Solo temo que tus emociones se conviertan en un punto débil frente a la objetividad. Ningún caso es asunto personal.

—Todo es personal —concluí—. Incluso esta discusión. Pero comprendo tus temores. Por ahora concentrémonos en Harold y Elizabeth. Dejemos los reclamos para más tarde.

Nos tomó una hora llegar al lugar, considerando el tráfico que debimos afrontar en algunos intervalos. Al llegar al lugar indicado nos sorprendimos encontrar una casa con techo de paja y jardines inmaculados rodeados de una cerca blanca. Honestamente, esperábamos otra cosa, tal vez una cabaña destartalada. Pero no, este era un «hogar», y no simplemente una residencia. Tan pronto como llamamos a la puerta, oímos pasos rápidos en el pasillo. La mujer que abrió mostró una amplia sonrisa en su rostro acogedor. Era una anciana robusta y enérgica.

—Buenos días —saludó Virginia—. ¿En qué puedo ayudarlos?

—Somos detectives —introduje—. ¿Se encuentra Harold Findlay?

—Mi hijo no vive acá —reveló Virginia—. No se queden allí afuera. Pasen adelante.

La invitación cordial de la señora Findlay fue inesperada. Fuimos conducidos hasta una sala, donde ella nos señaló un pequeño sofá frente a la chimenea. Chang y yo nos sentamos, percatándonos de que apenas se ajustaba para que lo ocuparan dos personas. Virginia tomó asiento frente a nosotros en una mecedora, sin dejar de lucir su sonrisa. Al mirar a mi alrededor tuve la impresión de que estábamos dentro de una casa de muñecas. Todo era cursi y lindo. De cierta manera, la combinación entre la actitud extremadamente cordial de nuestra anfitriona y la decoración contribuyó a hacernos sentir incómodos.

—¿Vive usted sola, señora Findlay? —pregunté—. Creo que tuvimos una confusión. Pensamos que aquí vivía Harold.

—Sí, nadie vive conmigo desde hace quince años —confirmó Virginia—. Hace mucho tiempo que mi esposo murió. Harold viene de visita de vez en cuando para recoger su correspondencia. Todo lo que es suyo lo envían para acá.

—¿Dónde vive su hijo? —pregunté—. ¿Podría darnos una dirección?

—Tengo entendido que vive en un piso de la ciudad con su novia —dijo Virginia—. Desconozco la dirección. A Harold no le gusta que me meta en su vida. Yo prefiero evitar las discusiones. Me contento con verlo cada vez que me visita. Ahora me siento preocupada. ¿Harold ha hecho algo malo?

—Solo queremos hacerle unas preguntas —expliqué vagamente—. Nada grave. Solo sería una conversación. ¿Cree que haya una manera de contactarlo?

—Mientras más pronto sea le evitaremos futuras molestias —agregó Chang con persuasión—. Cuando alguien se hace difícil de localizar comienza a atraer mayor atención de la que debería.

—Mi hijo sería incapaz de hacer algo malo —defendió Virginia—. Harold es algo obstinado y con un poco de mal genio, pero nunca ha hecho nada indebido, se los aseguro. No está escondiéndose ni nada por el estilo. De hecho, estuvo aquí visitándome antes de que ustedes llegaran. Lo pudieron haber encontrado si venían más temprano. Si no sé dónde vive o dónde está es porque yo no me inmiscuyo en su vida.

—No estamos haciendo ninguna acusación en contra de él —argumentó Chang—. El señor Findlay no tiene nada que temer si nos permite contactarlo para tener una conversación sencilla. De esa manera aclararemos cualquier malentendido. En cambio, si pretende ocultarse, tendremos que tomar medidas más radicales.

—Yo hablaré con él cuando vuelva a visitarme —prometió Virginia—. Pero les pido que no hagan nada que pueda perjudicar su vida. A él le ha costado mucho salir adelante. Lo ha logrado gracias a su esfuerzo. No quisiera que un error le trajera de vuelta la mala suerte.

En definitiva, no había ninguna información útil que pudiéramos extraerle a la señora. Resolvimos dejarle un número de contacto para que su hijo se comunicara con nosotros. Confiábamos en que su madre le avisaría, pero precisamente esperábamos que no quisiera establecer ninguna comunicación con nosotros. Si no recibíamos su llamada para aclarar nuestras dudas, entonces las sospechas en su contra se harían más notorias. Con este pensamiento en mente y sintiéndonos derrotados por la forma en que el caso distaba de presentar una resolución inmediata, decidimos regresar a la comisaría. Grandville no estaría contento de escuchar otro fracaso de nuestra parte.

20

Desanimados, Chang y yo regresamos a la comisaría para notificarle al inspector nuestro fracaso al intentar contactar con Findlay. Después de nuestra última conversación, todavía existía cierta tensión con mi compañero. No obstante, hicimos a un lado nuestras diferencias y nos concentramos en el trabajo que nos quedaba por delante. No debíamos permitirnos demasiadas distracciones, ya que los culpables del secuestro de Daniel y el asesinato de Sheila nos llevaban la delantera. La mejor alternativa que me quedaba era concentrar mis esperanzas en contactar a Harold y Elizabeth para interrogarlos. Frente a esto, mi mayor temor era que si de verdad eran responsables de los delitos que investigábamos, por no identificarlos a tiempo ellos podrían haber huido de la ciudad o incluso del país antes de atraparlos.

Ya en la comisaría descubrimos que nos dejaron unos documentos sobre mi mesa de trabajo. Los hojeé de inmediato tras pasarle a Chang una parte, al comprobar que trataban de dos copias exactas identificadas con los nombres de ambos. El primer fajo de hojas presentaba una copia del informe de patología sobre el asesinato de Sheila. Las observaciones sobre las heridas en su cuerpo no apuntaban nada resaltante que no hubiéramos imaginado antes como descubridores de la escena del crimen. Sheila recibió cinco puñaladas alternativamente entre el pecho y la espalda. Había signos de ahorcamiento estimados en un tiempo anterior a las puñaladas. Hubo contacto físico agresivo mediante golpes y empujones antes de que el victimario cogiera el cuchillo. Murió desangrada en el suelo, por lo cual era probable que su agresor huyera apresuradamente en el automóvil de la víctima antes de asegurarse si finalmente acabó con ella. Esto era un indicio de que el asesinato fue un acto impulsivo, y hasta cierto punto, accidental, impulsado por las emociones del momento.

—Una discusión acalorada, probablemente —resaltó Chang—. Las cosas debieron salirse de control. Me atrevería a suponer incluso que fue Sheila quien intentó primero atacar al victimario con el cuchillo, y este se lo arrebató.

—No consiguieron el cuchillo —referí mientras continuaba leyendo—. Imagino que se lo llevó consigo al ver lo que hizo. Consiguieron unas pequeñas manchas de sangre en el patio trasero. Apuesto a que era la sangre goteando del cuchillo cuando salió de allí intempestivamente. Ni siquiera se detuvo a limpiar el arma homicida.

Junto a esos documentos se adjuntaba luego un informe del equipo forense, donde se detallaba prácticamente cada rincón de la casa de Sheila. En ese informe se especificaba con cuidadosos detalles que Sheila tenía alimentos para niños almacenados en la refrigeradora y en los armarios. La cantidad de comida encontrada alcanzaría durante al menos un mes. Este hallazgo me devolvió a mis teorías iniciales sobre que Sheila era la secuestradora de su sobrino. ¿Pensaba quedarse con Daniel más de unos días o habían pasado otros niños por su casa? ¿Cuál era el propósito de tener tanta comida que no era para su consumo personal?

—Seguimos igual que antes —aceptó Chang con resignación—. Al menos podemos dictaminar que el asesino es una persona poco cuidadosa, por la forma en que la mató y se escapó del lugar.

—Fue lo suficientemente astuto como para llevarse el arma —apunté—. Por el momento no consiguieron en la casa ninguna huella que no perteneciera a Sheila.

Seguimos discutiendo un buen rato los informes. Poco a poco recuperábamos el sentido de fraternidad y confianza que casi habíamos extraviado horas antes. Quería mantener una relación sana con mi compañero, en la que ninguno de los dos nos sintiéramos resentidos o juzgados. Chang respondió bien a mis intenciones, demostrando que su profesionalismo no rivalizaba con su calidad humana.

Ya calmadas las tensiones entre nosotros, estábamos preparados para reunirnos nuevamente con el inspector. Temíamos defraudarlo por no traerle ninguna buena noticia. Sin embargo, no pretendíamos ocultarle información ni mucho menos mentirle. Nos presentamos en su despacho, pero no lo encontramos. Su asistente nos dijo que él estaba en el comedor de los agentes. Mi estómago me recordó que no habíamos comido nada en muchas horas, por lo cual fue una buena idea llevar nuestros recipientes de comida para tener un almuerzo tardío, al mismo tiempo que le exponíamos a Grandville las escasas novedades.

Hallamos al inspector solo, en una mesa al lado de la máquina de café. Sin preámbulos, nos sentamos con él para disponernos a mantener una conversación mientras comíamos. Al inspector le hizo gracia la idea de tener una reunión informal en tales condiciones. Pese a ello, consintió a nuestras intenciones al vernos hambrientos. El inspector escuchó atentamente todo lo que teníamos por decirle. Nos sorprendió el que pareciera de buen humor sin razón aparente. Luego, cuando empezamos a expresar nuestras disculpas por no haber conseguido a Harold, nos dedicó una sonrisa enigmática.

—Les dije que se ahorren las disculpas en lo sucesivo —expresó Grandville—. La jornada ha sido menos infructuosa de lo que sospechan. Justo antes de que ustedes entraran, un joven recluta enviado por los forenses me ha traído un nuevo informe.

El inspector señaló un documento que estaba a un lado de la mesa cuando llegamos, pero al cual no le habíamos prestado una atención significativa.

—¿De qué se trata? —pregunté con curiosidad—. ¿Finalmente sí consiguieron huellas de otra persona?

—No tenemos tanta suerte —bromeó Grandville—. En el equipo forense han podido triangular algunas de las llamadas telefónicas de Sheila, y gracias a ello han localizado a Harold Findlay. El hombre vive con Elizabeth Andreas, la otra sospechosa que necesitamos encontrar. Ambos tienen antecedentes penales por posesión de drogas y algunos robos en tiendas, pero nada tan importante como el secuestro de niños o incluso el asesinato. No lo habíamos conseguido antes porque esta información corresponde con ciudades aledañas a Vancouver. Aquí no han cometido ningún delito, hasta ahora.

—Estupendo —celebré—. ¡Tenemos una dirección!

Escuchar eso nos hizo sentir esperanzados nuevamente. Comprendimos por qué Grandville se mostraba de un mejor humor del que tenía horas atrás. Compartir su entusiasmo me hizo tener un buen presentimiento. En ningún momento perdía de vista mi principal objetivo. No permitiría que Daniel se criara entre desconocidos, ni privaría a Diana de la dicha de compartir con su hijo.

21

CONSTANTEMENTE NUESTRAS EXPECTATIVAS se enfrentan a realidades contradictorias. El trabajo de detective implica estar preparado no solo para constatar la destrucción de las expectativas propias, sino también de llegar hasta el fondo de cada nueva contradicción para conseguir la verdad. Para ello es fundamental desembarazarse de las presunciones surgidas a partir de prejuicios sociales. Mientras que el común denominador administra culpas de buenas a primeras basándose en el color de piel o el estatus económico de una persona, el detective es consciente de que cualquiera puede cometer un delito independientemente de sus circunstancias. La única diferencia entre ricos y pobres es que los primeros pueden darse el lujo de pagar mejores abogados.

En un caso como el secuestro de Daniel también intervenían diversas interpretaciones socioculturales que fueron malinterpretadas por los periodistas, sobre todo cuando se difundió la noticia del asesinato de Sheila. O valdría decir que fueron adaptados convenientemente para encajar con las expectativas predeterminadas del público. Una mujer asesi-

155

nada y un niño secuestrado representaban delitos horribles en cualquier contexto. No obstante, el hecho de que el perfil de las víctimas correspondiera con ciudadanos de clase media convertía el delito en un escándalo de mayores proporciones.

Yo traté de evitar el contacto con esta cobertura mediática tanto como fuera posible. Mientras menos supiera lo que decían los medios, evitaría así futuros enojos que me distrajeran de desempeñar mi labor. Sin embargo, yo tampoco escapaba de mis propios prejuicios ante este tipo de situaciones. Cuando establecimos formalmente que Harold y Elizabeth eran nuestros siguientes sospechosos, enseguida me fui formando mentalmente un perfil de lo que esperaba encontrar en ambos sujetos. Por lo tanto, mi asombro fue mayúsculo cuando descubrimos el edificio al cual correspondía la dirección que le proporcionaron al inspector. Chang debió compartir la misma impresión que yo porque intercambiamos una sonrisa de complicidad ante lo que se nos presentó a la vista. Era nada más y nada menos que el edificio de alquiler más caro de Vancouver. Si Harold y Elizabeth realmente ocupaban algún apartamento allí, su fuente de ingresos ciertamente no era la de unos empleados de mantenimiento, incluso si trabajaban para clientes ricos como los que viven en Chelsea o Marine Drive. ¿Acaso estaba siendo prejuicioso por esperar que los cómplices de Sheila fueran personas de apariencia «necesitada»? Sea como sea, tenía que comprobar con mis propios ojos si realmente estábamos en el sitio correcto o en cambio se trataba de una mala información.

—Pues parece que aquí es —observó Chang, expresando en voz alta mi incredulidad—. Ver para creer.

Mientras cruzamos el vestíbulo me detuve un momento para apreciar la impresionante decoración. Cada centímetro de aquel edificio rezumaba dinero y símbolos de lujo. Normalmente uno pensaría que en un edificio como ese los visitantes serían anunciados por el conserje de turno, pero en este caso, mi compañero y yo subimos al piso veinte de incógnito. Nadie nos salió al paso, pero tampoco íbamos a desaprovechar la oportunidad de agarrarlos sin que pudieran anticipar nuestra llegada. Una vez frente al apartamento correcto llamamos a la puerta. El toque de mi mano al golpearla, casi de inmediato, la abrió de par en par. Tras el umbral aparece nada más y nada menos que Elizabeth Andreas. Al vernos emite un sonido ahogado y corre deprisa, intentando cerrarnos la puerta en nuestras narices. Una acción como esa nos hizo reaccionar de inmediato. Perderían su oportunidad de un interrogatorio «formal» si pretendían escapar. Por lo tanto, contrarresté la fuerza de ella sobre la puerta abriéndola de un empujón que la hizo caerse en el suelo. Cuando entramos, Simon tomó a Elizabeth del brazo y la llevó al salón, donde prácticamente la arrojó al sofá.

—¡Quédate ahí! —advirtió Chang—. No intente hacer nada estúpido.

Ya que mi compañero vigilaría los movimientos de Elizabeth, me correspondía a mí revisar las habitaciones del apartamento. Sigilosamente caminé por el pasillo y vi una sombra que se introdujo en una habitación. Yo corrí a tiempo para impedir que cerrara la puerta con seguro. Vi cómo Harold se arrastraba por el piso para alcanzar una gaveta, en lo que me pareció un intento desesperado por sacar un arma. Yo saqué la mía y lo apunté:

—Si no te detienes, disparo —grité—. Acuéstate en el suelo y pon las manos sobre tu cabeza.

Antes de que Chang corriera a mi auxilio, yo ya estaba saliendo de la habitación con Harold esposado. Al verlo de esta manera, a Elizabeth no le importó nuestra presencia y se lanzó contra él para abrazarlo.

—Perdóname, Harold —sollozó—. Fui una estúpida.

Debí asegurar la puerta. No se lo lleven a él. Yo tomaré su lugar.

—¡Cállate, idiota! —le gritó Harold—. No compliques más la situación.

—No se preocupe —añadió Chang sacando otro par de esposas—. Usted también vendrá con nosotros.

—Ustedes lo hicieron, ¿no es cierto? —pregunté con un tono amenazante—. Respondan. ¿Dónde está el niño?

Mis gritos solo hicieron que se agudizara el llanto de Elizabeth, quien se desplomó de rodillas en el suelo suplicando que los soltáramos. Chang la recogió para ponerle las esposas.

—No sé de lo que me está hablando —replicó Harold—. ¿Acaso cree que no conozco mis derechos? No diré ni una sola palabra sin la presencia de un abogado.

—Como usted quiera —aseveré—. Les recomiendo que reflexionen muy bien sobre la situación en la que se encuentran. Se pudrirán en la cárcel si no colaboran. ¡Volvamos a la comisaría! —le dije a mi compañero—. Allí les haremos el interrogatorio que estos sujetos merecen.

22

EN LA COMISARÍA celebraron la eficacia con la cual cumplimos el operativo de búsqueda y captura de la pareja. Grandville nos recibió sonriente, aunque no se extendió a la hora de dar felicitaciones. Asuntos más demandantes requerían nuestra intervención inmediata, como lo era el interrogatorio formal de Harold Findlay y Elizabeth Roberts. Debíamos hablar alternativamente con ambos, pero hacerlo por separado para comparar las respectivas coincidencias o contradicciones que se presentaban en sus testimonios. El inspector se mostró cauteloso respecto a considerar como una victoria segura la captura de la pareja. Tenerlos en custodia no necesariamente nos llevaría a la resolución del caso, es decir, a hallar al asesino de Sheila y recuperar a Daniel. De cierta manera, esperábamos conseguir al niño bajo el cuidado de ellos. Sin embargo, en dicho apartamento no existía ningún indicio de que un niño estuvo allí. Por lo tanto, dependíamos enteramente de los testimonios de Harold y Elizabeth para llegar al fondo de la verdad. La situación se complicaba aún más porque técnicamente no teníamos ninguna evidencia con la cual pudiéramos acusarlos de algún delito. Si no admitían su culpabilidad en las próximas veinticuatro horas nos veríamos obligados a soltarlos.

La falta de cargos en contra de nuestros sospechosos era una situación que solo revertiríamos si conseguíamos persuadirlos de confesar. Por lo tanto, someterlos a un interrogatorio representaba un asunto delicado, en donde debíamos tener el control de una situación sin mostrarnos desesperados. En cambio, si llegaban a sospechar que nuestro supuesto dominio sobre ellos era limitado, entonces podrían jugar con la vulnerabilidad del sistema para soportar el interrogatorio sin hacer ninguna confesión. Teníamos ante nosotros una limitada oportunidad que debíamos aprovechar al máximo. Al respecto, Chang y yo asumimos la responsabilidad de interrogarlos a ambos según les correspondiera su turno.

Decidimos comenzar con Elizabeth, ya que consideramos que sería mucho más fácil convencerla de ofrecer una confesión. Desde el momento en que la atrapamos se había mostrado excesivamente nerviosa, y Harold le pedía que se callara. Ser testigos de estas acciones fue suficiente para comprender que ella solo actuaba como una torpe secuaz a sus órdenes. A su vez, era evidente que él ejercía poder sobre ella para manipularla a su antojo, y con toda seguridad la intimidaba para que sintiera miedo ante la sola idea de traicionarlo. A primera vista parecía víctima de una relación tóxica, donde existían indicios de abuso emocional. No obstante, creímos que librándola de la presencia de su novio y conversando a solas con ella lograríamos que su lengua se aflojara. El objetivo era darle la garantía de que no recibiría ningún daño por parte del señor Findlay si confiaba en nosotros para protegerla.

—Harold no se enterará de su testimonio —le prometí—.

En cambio, si nos ayudas, intercederemos por ti para que solo pagues una fianza.

—No tengo nada que confesar —insistió Elizabeth—. No entiendo por qué estoy aquí siendo sometida a un interrogatorio.

—Pues te lo explicamos con mayor detalle —intervino Chang—. Estás aquí como sospechosa del secuestro de un niño. ¿El nombre Daniel Evans te suena familiar?

—Nunca antes había escuchado ese nombre —aseguró Elizabeth con la mirada baja—. ¿Me dejarían verme con Harold? No quiero dejarlo solo.

—Me temo que eso no será posible —le indiqué—. Sabemos que te tiene bajo su control. Pero él no tiene suficiente poder para llegar hasta ti. No se lo permitiremos. Confíe en nosotros.

—Yo no tengo miedo de Harold —se defendió Elizabeth—. Lo amo. Es el hombre de mi vida. Tenemos muchos planes juntos. No permitiré que ustedes arruinen mi futuro con sus intimidaciones.

—Somos su mejor opción, señorita —dije—. Si no colabora con la justicia no habrá un futuro posible para ninguno de ustedes. Por el contrario, la cárcel es lo único que les espera por los cargos de secuestro y homicidio.

—¿Homicidio? —preguntó Elizabeth sorprendida—. Eso no es posible.

Al notar esta reacción por parte de ella, Chang y yo compartimos una mirada llena de interrogantes. Si Elizabeth había intentando fingir que no se daba por enterada de las acusaciones que le hacíamos, su extrañeza ante la mención de un asesinato produjo un asombro verdaderamente genuino. Su reacción fue reveladora: ella en realidad no sabía que Sheila fue asesinada.

—Sheila Roberts fue hallada muerta en su apartamento

—revelé—. Recibió múltiples puñaladas en su cuerpo. ¿Acaso el señor Findlay omitió ese detalle?

—¡Harold no es un asesino! —gritó Elizabeth—. Dejen de mentirme.

—Entonces sí sabe quién es ella —acusé—. Veo que realmente le sorprende que haya muerto por encima de sus otros intentos por hacernos creer que no sabe nada. Reconoce haber participado en el secuestro del niño Daniel Evans, pero no tiene nada que ver con el asesinato de la señorita Roberts. Si nos da su confirmación le aseguro que no sufrirá las consecuencias por los cargos de homicidio.

—Yo tampoco soy una asesina —reclamó Elizabeth cada vez más alterada—. Están cometiendo un error. ¡Sáquenme de aquí! ¡Quiero ver a Harold!

Fue imposible continuar con el interrogatorio. A Elizabeth le dio un ataque de nervios, remarcado por gritos y temblores en su cuerpo. Enterarse de la muerte de Sheila tuvo un efecto desagradable en ella. Parecía negada a aceptar esa información como cierta. Aunque su reacción nos confirmaba que estaba involucrada en el secuestro del niño, su actitud se correspondía con la de una persona mentalmente inestable, cuyo testimonio no era fiable. En tales condiciones no solo era imposible extraerle una confesión de culpabilidad, sino que mucho menos conseguiríamos que ofreciera voluntariamente la información más importante: ¿dónde estaba Daniel?

Para calmar a Elizabeth nos vimos en la necesidad de llamar a unos paramédicos, quienes se la llevaron de la sala de interrogatorios para suministrarle unos medicamentos que la calmaran. Nuestro interrogatorio al testigo más «fácil» de dominar no fue el éxito que esperábamos. Nos quedaba por delante someter a Harold al mismo proceso. Esta vez teníamos menos seguridad de conseguir una confesión de su parte, ya que sería un hueso mucho más duro de roer.

Los guardias que lo custodiaban trajeron a Harold para la sala de interrogatorios, minutos después de que se llevaran a Elizabeth. Este desconocía lo que le sucedió a su novia y lo más notorio de su presencia era la expresión confiada en su rostro. Parecía inmutable y con la seguridad propia del que ha ensayado con antelación el momento para enfrentarse a preguntas que le conviene evitar.

—Hablamos con su compañera —le dije sin preámbulos—. Fingió estar sorprendida por saberse involucrada en el secuestro de un niño. ¿También hará lo mismo?

—Curiosa elección de palabras —señaló Harold con autosuficiencia—. Ninguno de los dos estamos fingiendo. Sus acusaciones son infundadas. No hay razón alguna para que nos retengan en esta pocilga. Usted parece un hombre inteligente, así que no me subestime. Es evidente que no tienen nada en nuestra contra, más que suposiciones. Y le aseguro que no lo tendrán.

—Ya veo que también pretenderá fingir que no sabe de lo que hablamos —continué—. Lo que me gustaría saber es si tendrá la misma sorpresa cuando se entere de que el secuestro no es la única sospecha sobre sus cabezas. Elizabeth se alteró muchísimo al enterarse de la noticia. Si pretendía entrenarla bien, debió ponerla al tanto de todas sus acciones.

—¿Qué clase de juego mental intenta conmigo, detective? —preguntó Harold, aunque ya no parecía tan convencido de su farsa—. ¿Acaso pretenden imputarnos otros crímenes que no cometimos? Eso es el colmo de la ineptitud. Elizabeth es una mujer frágil, y si intentaron engañarla con manipulaciones no habrá legitimidad en sus intentos.

—Tan solo le dijimos una verdad que desconocía —referí con un tono pausado y tranquilo—. Supongo que el nombre Sheila Roberts le resulta familiar.

—No realmente —respondió Harold casi sin pestañear—. ¿A dónde quiere llegar?

—Al asesinato de Sheila —revelé—. Fue usted quien la mató, ¿no es cierto? Ni siquiera se lo contaste a tu novia. Al menos pudiste prepararla para responder a eso.

Otra vez reconocí la misma expresión de desconcierto que puso Elizabeth, pero esta vez en el rostro de Harold. En esa ocasión decidí ser mucho más radical y puse frente a sus ojos una de las fotos que nos proporcionó el departamento forense. En la instantánea aparecía el cuerpo de Sheila tal y como lo hallaron en la escena del crimen. La imagen lo horrorizó y apartó la vista enseguida. Para mi propio asombro, reconocí en él la aversión natural de alguien que nunca antes ha matado. Le fue imposible ocultar su consternación frente a la noticia, por lo cual tardó un largo rato en responder.

—¿Nos están acusando de asesinato? —preguntó Harold nervioso—. Yo no tengo nada que ver al respecto. ¡Lo juro!

—Lo noto sorprendido —observé—. Lo mismo ocurrió con su novia. Ya ve como es fácil distinguir una sorpresa calculada de una expresión de asombro genuina. Supongo que comprenderá que el hallazgo de ese cadáver complica más la situación para ustedes. Si realmente no tiene nada que ver con ese asesinato, le conviene decir todo lo que sabe. Pero si prefiere seguir guardando silencio, tenga por seguro que será bien recibido entre reclusos. Le advierto que les dan un trato muy «especial» a quienes les hacen daño a los niños.

—¡Yo no soy un asesino! —exclamó Harold mostrándose temeroso—. ¡Lo juro! No entiendo cómo pudo pasarle algo tan horrible.

—La reconoció, ¿cierto? —pregunté, sintiéndome eufórico al comprobar que estaba obteniendo las respuestas que requeríamos—. Dígame todo lo que sabe y se librará de la acusación por un homicidio que no ha cometido. Solo lo castigaremos por el delito de secuestro.

Mis argumentos lo acorralaron. Harold temió que lo acusáramos de ese asesinato, por lo cual tomó la decisión sensata de hablar con honestidad, a pesar de las consecuencias que esto le traería.

—De acuerdo, confesaré —aceptó Harold resignado—. Sheila Roberts nos dio a su sobrino para que lo vendiéramos. Nosotros fuimos el brazo ejecutor de su desaparición, pero siguiendo sus instrucciones. Su hermana pronto morirá y ella no quería hacerse responsable de su sobrino para cuando esto sucediera.

—¿Fueron esos sus motivos? —preguntó Chang—. Para una mujer de buena posición como ella cuidar del único sobrino que tiene no debería ser tan traumático. No para llegar a esos extremos.

—Ustedes solo ven una parte del rompecabezas —afirmó Harold con amargo sarcasmo—. Daniel fue tan solo una pieza.

—¿A qué se refiere, señor Findlay? —pregunté iracundo—. No se crea con el privilegio de respondernos con acertijos. Sea claro y transparente en sus respuestas.

—Nosotros no matamos a Sheila —reafirmó Harold—. Si alguien la ha asesinado fue precisamente por el tipo de vida que eligió vivir. Sheila era una vendedora de niños, incluso antes de que nos contratara. Estoy seguro de que tenía otros empleados a su cargo.

La revelación de la culpabilidad de Sheila fue mucho más sorprendente y detestable de lo que yo creí al principio. Continuando con su testimonio, Harold nos contó que Sheila encontraba niños para que él los vendiera a parejas sin hijos que querían un niño al que amar y cuidar. Desconocía la forma en que lograba raptarlos e imaginaba que para ello tenía contratada a otra persona. Por lo general, Sheila elegía a niños provenientes de familias terribles o hijos de drogadictos que estaban listos para «vender» a su niño por dinero. Luego los enlazaba con contactos provenientes de familias adineradas. Harold organizaba el intercambio y recibía cuantiosas cantidades de dinero por sus esfuerzos.

—Les dábamos una mejor vida —sostuvo Harold—. Hay peores formas de ganarse la vida. Supongo que tarde o temprano Sheila se ganaría algún enemigo debido a ello. Y ya ven cuál fue el resultado. Pero yo no tengo nada que ver con ese asesinato.

—¿Qué derecho creían tener para decidir que les convenía o no a los niños? —pregunté colérico— ¿No te remuerde la consciencia pensar en las consecuencias que esto trae en una mujer enferma? Diana Evans pasa los peores días de su vida extrañando a la única persona que le da fuerzas para seguir viviendo.

—Daniel fue un caso peculiar —reconoció Harold—. Debo decir que fue el primer encargo de Elizabeth, además. Yo la metí en esto y luego se sintió profundamente arrepentida. El niño conserva su nombre y se encuentra ahora viviendo con una pareja establecida en Chelsea. Es un hogar seguro en donde le darán todo lo que su madre no podrá proveerle cuando ya no esté para él.

—Esa madre merece recuperar a su hijo —repliqué con severidad—. Así que nos darás la dirección de esos padres adoptivos y también de todas las otras familias a las cuales les hayas vendido los hijos de otras personas.

Harold emitió un largo suspiro. Si había entrado al interrogatorio con la certeza de que no hallaríamos nada en su contra, ahora lucía abatido, entregado a la resignación. Finalmente era consciente de que decir la verdad sería lo único que lo ayudaría a suavizar la futura condena que le aguardaba. Ya había perdido su libertad, pero al menos ser honesto le permitiría reclamar un poco de dignidad en el trato que tendría como prisionero.

23

Nada me causa tanto desconsuelo como imaginar que el futuro de un infante quedaría perjudicado por las malas acciones de personas crueles y sin escrúpulos. Aunque mi desprecio por quienes le hacen daño a los niños siempre me hará responder con implacable rudeza, yo prefiero concentrar mis esfuerzos en enmendar los daños que estos han causado. Por eso las mayores satisfacciones de mi carrera como detective no las he experimentado cuando atrapo a los culpables, para que luego la ley se encargue de darles su castigo, sino en la oportunidad de restaurar la felicidad en la vida de un niño.

Arrestados por los delitos de secuestro y venta de niños, Harold y Elizabeth se declararon culpables de ambos cargos. Eventualmente se les haría un juicio formal, pero mientras tanto permanecerían en custodia. A su vez, su testimonio serviría como base para desenmascarar una red de tráfico de niños en Vancouver. La muerte de Sheila parecía ser solo la punta del iceberg de un problema mucho más grave. En ese sentido, a Simon y a mí nos correspondía ahora resolver el asesinato de Sheila, al mismo tiempo que investigáramos a

168

todas las personas que pudieran estar asociadas con la venta de menores.

Pese a ello, mi prioridad era devolverle su hijo a Diana. A Grandville le pareció sensata mi decisión, así que me comisionó de inmediato la misión de visitar a la familia Sylvani. Luego de ello prometí reanudar la consecuente búsqueda y persecución del culpable. El detective Chang decidió que me acompañaría en el cumplimiento de tan delicada misión, apoyándome en el pensamiento de que Daniel era la prioridad. Una vez confirmada la autorización del inspector para llevar con nosotros una orden oficial, conducimos rápidamente hasta Chelsea para llegar a la dirección proporcionada por Harold.

En el camino hacia la residencia de los Sylvani me sentí tentado de llamar a Diana Evans. Desde que la visitamos en su casa no tuvimos la oportunidad de volver a conversar. Supuse que se había enterado de la muerte de su hermana, ya que era una noticia que se comentó en todos los medios de comunicación de Vancouver. Imaginé que se sentiría devastada, y el inspector Grandville había mandado un equipo de oficiales para estar pendientes de ella, así como para darle explicaciones preliminares en relación al asesinato de Sheila. Sin embargo, la revelación de que la señorita Roberts fue la autora intelectual del secuestro de su sobrino y la información sobre su adopción a cargo de una familia adinerada era algo que nos competería tanto a mí como a mi compañero.

Tener finalmente una certeza del sitio donde se encontraba Daniel no nos garantizaba su bienestar. Por eso no creí prudente causarle mayor desesperación a la madre con estas verdades hasta no estar seguros de que el niño estaba en condiciones saludables. No me perdonaría si avivaba esperanzas en ella que luego se contradijeran con una horrible realidad. Diana ya tendría suficiente dolor cuando supiera el daño que le causó su hermana. Mi pretensión era que el impacto amargo que esa mala noticia ocasionaría en ella se redujera con Daniel en sus brazos.

—¡Impresionante casa! —admiró Chang cuando nos estacionamos frente al domicilio correcto—. Lamentable que esas personas usen su dinero para ocasionar tantas desgracias.

—Gente como esa son mucho más que cómplices —acusé—. Por desgracia no habrá manera de acusarlos. Tienen todo el dinero necesario para zafarse de la responsabilidad. Pero si no existieran clientes para comprar a esos pobres niños, entonces no se crearía un mercado tan horrendo.

—Debemos ser extremadamente cuidadosos con lo que digamos —recordó Chang—. No queremos que se sientan intimidados. Nuestra única misión aquí es recuperar a Daniel.

—Lo sé —acepté—. Les daremos la seguridad de que no habrá represalias en su contra si nos devuelven el niño. En un mundo justo también nos los llevaríamos esposados.

El mayordomo que abrió la puerta nos recibió con miedo desde el momento en que nos presentamos como detectives y le extendimos la orden oficial para la recuperación de Daniel. Le permitimos que les avisara a sus patrones antes de que formalmente nos dejaran entrar. El señor y la señora Sylvani nos saludaron con nerviosismo, declarando que desconocían el propósito de nuestra visita y asegurando que obtuvieron a Daniel de forma legal. El detective Chang, quien era mucho más diplomático a la hora de tratar con otras personas, les explicó con lujo de detalles el error que cometieron.

—Nos dijeron que era un niño huérfano —insistió Randy—. Jamás consentiríamos que a una madre le quitaran a su hijo para dárselo a nosotros.

—Nadie querría eso —repuse con cinismo—. No se preocupen por darnos explicaciones. No hacen falta. Solo queremos que nos devuelvan a Daniel.

—Acompáñenme —pidió Rose—. El niño ha recibido los mejores cuidados, como podrán darse cuenta.

Subimos las escaleras, siguiendo las instrucciones de la pareja hasta llegar a una habitación con decoraciones llamativas. Daniel estaba en el piso, jugando en su cuarto de juegos. Parecía feliz y no se daba cuenta de lo que estaba pasando realmente. Tuve sentimientos encontrados al imaginar lo perfecta que era esa otra vida que estaba viviendo, una en la que no sería un huérfano destinado a sufrir la muerte de unos padres que no conoció. Frente a las probabilidades desgraciadas que le esperaban si Diana no sobrevivía al cáncer, ¿existía una mejor oportunidad para su futuro que aquella que había conseguido? Me sorprendí a mí mismo teniendo tales pensamientos y reflexionando la posibilidad de que Sheila sabía lo que estaba haciendo al permitir que su sobrino fuera vendido a unos extraños. Incluso si ella no hubiera sido asesinada, ¿qué clase de destino le tocaría bajo la crianza de una criminal? Quizá la acción de su tía no respondía únicamente a un acto delictivo y egoísta, ni tampoco a una manera de herir a su hermana por resentimiento. Al verlo jugando tan sonriente, en cambio me pareció que en ese hogar le estaban ofreciendo una oportunidad que de otra forma jamás tendría. Era probable que la abogada fuese consciente de ello, anticipando la posibilidad de que Diana muriera y ella terminara detenida por su participación en el tráfico de niños.

Ahora nosotros le estábamos arrebatando a Daniel esa oportunidad de conseguir una vida mejor por la cual su tía se sacrificó. Aun así, solo existía una alternativa correcta: el niño debía regresar al lado de su madre. Comprender y aceptar eso era lo que nos diferenciaba de sujetos como Harold y Sheila. Entender que la justicia no se trataba de hacer lo que parece bueno o de lo que fuera conveniente para unas pocas personas. Ser justo significaba tomar decisiones apropiadas en conformidad con el orden natural de las cosas. Implicaba tener el valor de hacer lo correcto, aunque eso significara dolor y sacrificio. Si Diana moría por culpa del cáncer, entonces Daniel jamás volvería a tener una infancia feliz como la que estaba experimentando con la protección y el cariño de la familia Sylvani. Pese a ello, esa felicidad no sería comparable a la que tendría durante los pocos meses o años en que pudiera compartir junto con su verdadera y única madre. Esa brevedad bastaba como razón de ser para obrar en conformidad con lo que era justo y noble. Percatarme de la naturaleza de esa decisión dentro de mí fue uno de los grandes retos en mi trabajo.

—Me duele tanto dejarlo ir —sollozó Rose—. ¿Me permitiría despedirme de él?

Yo asentí ante su petición. La señora agradeció nuestra concesión y se arrodilló junto al pequeño para acariciarlo. Le dio varios besos en su mejilla y lo observó atentamente, como si intentara memorizar el rostro de alguien que jamás volvería a ver.

—Lo siento mucho, mi pequeño —susurró—. Así no se supone que debían pasar las cosas. Nunca pretendí hacerte daño.

La señora se puso de pie y le dio la espalda a Daniel, prefiriendo no seguir viendo lo que ocurriría a continuación. Era evidente que no soportaría el recuerdo de verlo abandonar aquel recinto que crearon especialmente. Con este gesto daba a entender que era el momento apropiado para irnos. El señor Sylvani también pareció abatido e incapaz de articular ninguna palabra mientras nos escoltaba hasta la salida. Mantuvo la mirada pegada al piso y no fue capaz de dedicarle una última mirada a Daniel, ni mucho menos despedirlo como hizo su esposa. Mis duros juicios en contra de la pareja se minimizaron al reconocer que ellos eran también unas víctimas, a pesar de que eso no los libraba de la culpabilidad por los daños ocasionados. A menudo yo era implacable contra cualquiera que directa o indirectamente perjudicara a un inocente. No obstante, comenzaba a apreciar la escala de grises allí donde antes solo distinguía el blanco del negro. Los matices existían en todos los ámbitos y la justicia no siempre lograba contemplar cómo las pequeñas particularidades humanas en un funesto día podían transforman a las personas corrientes en delincuentes o víctimas.

Cuando cargué a Daniel y me lo llevé lejos de aquella preciosa mansión, por un momento sentí que me llevaba en brazos a mí mismo. Era como si estuviera regresándolo al tipo de vida de la cual me hubiera gustado librarme cuando era niño. Esta vez habría una madre amorosa esperándolo con los brazos abiertos. ¿Existía algo más justo e imprescindible que eso? Daniel nunca dejó de sonreír durante la caminata entre el cuarto de juego y nuestro vehículo. Nunca recordaría este pequeño interludio en su vida. En cambio, yo lo recordaría el resto de la mía.

—Te noto pensativo —señaló Chang un rato más tarde—. Sé que todavía nos queda un trecho por recorrer para concluir la investigación, pero conseguimos resolver la parte más esencial. Daniel está aquí con nosotros y pronto volverá con su madre. No pareces feliz al respecto.

—Me siento aliviado, más bien. Por supuesto que me contenta saber que Diana se reencontrará con él. Sin embargo, no dejo de pensar en lo difícil que es definir la justicia. Es probable que Daniel no vuelva a tener una oportunidad como esta.

—Ya sabes lo que dicen al respecto —replicó Chang—. La Justicia tiene vendados los ojos, ¿no es así? A los agentes como nosotros se nos exigen más acciones y menos preguntas.

No es saludable ponerse tan reflexivos. De lo contrario seríamos abogados.

Su chiste consiguió el efecto deseado. No solo me hizo gracia, sino que fue inevitable no darle la razón. Hicimos lo correcto y eso bastaba para sentirse bien antes de que enfrentáramos los nuevos obstáculos que se nos presentaban en el camino. A lo largo de la ciudad seguía existiendo un entramado peligroso y oscuro que ponía en peligro a cientos de niños. En tales condiciones, no quedaba duda de que éramos responsables de trazar la línea que nos separaba de la corrupción y de luchar con el máximo de nuestras capacidades para desvanecerla.

24

Para Diana Evans la noticia de la muerte de su hermana significó el colmo de sus desgracias. Se enteró horas después de que Chang y yo abandonáramos su apartamento, cuando se le ocurrió encender el televisor para distraerse. El reporte aparecía en todos los canales con el nombre y la foto de Sheila, complementado con entrevistas a los vecinos y una grabación casera del momento en que sacaban su cuerpo. Su primera reacción fue apagar el televisor y acurrucarse en el sofá. No creyó que aquella noticia fuera posible hasta que recibió la visita de varios oficiales de la Policía en su casa. Grandville los había mandado para cerciorarse de que se encontrara bien y protegerla mientras se aclaraba la situación.

Los oficiales se limitaron a acompañarla, aunque no respondieron a sus preguntas. Solo le aseguraron que el departamento de Policía se estaba haciendo cargo de la situación. Ella solicitó hablar con nosotros, pero le dijeron que no nos hallábamos disponibles para verla o visitarla todavía. Por mucho que intentaron calmarla, Diana no dejó de llorar por su hermana y de gritar el nombre de su hijo. El asesinato de

175

Sheila terminó por sepultar sus esperanzas de reencontrarse con Daniel.

—¡Me han quitado todo lo que tengo! —se lamentó—. Estoy sola. No volveré a ver a mi hijo.

Conmovido al verla de esta forma, uno de los oficiales finalmente cedió para decirle lo que estaba sucediendo. Aunque contradiciera las órdenes del inspector Grandville, le pareció que lo más justo era no dejarla ser presa del absoluto desconsuelo. Ya había sufrido suficiente y merecía que su alegría no fuera postergada por más tiempo, sobre todo si poseían información certera para aliviar parte de su tristeza.

—Encontraron a su hijo, señora Evans —le avisó el oficial —. Se halla en perfecto estado de salud y no presenta ningún tipo de daño. Los detectives Chang y Devon vendrán dentro de una hora con él.

Tras escuchar este anuncio, Diana se calmó enseguida y dejó de llorar. Sin embargo, su reacción fue desconcertante para los oficiales. No se mostró alegre ni entusiasmada. Era como si intentara convencerse a sí misma de que sus sentidos no la estaban engañando y realmente era cierto lo que acababan de anunciarle. Se retiró de nuevo al sofá y permaneció en silencio, con la mirada perdida hacia el frente. Estaba lidiando con sentimientos encontrados entre el duelo por la muerte de su hermana y la felicidad que se aproximaría con la llegada de su hijo. Pero incluso esa felicidad no apartaba la nube oscura dentro de sus pensamientos. El progreso de la enfermedad seguía siendo una realidad incuestionable. Si ella moría, su hijo no tendría con quien quedarse. Sería un huérfano destinado a sobrevivir gracias a la caridad de extraños y en el ambiente incierto de hogares de acogida. ¿Acaso era justo una infancia arruinada de esa manera?

Abrumada por estas lúgubres reflexiones, Diana pasó las horas de espera sin apenas moverse del sofá. Solo en un par de ocasiones fue al baño o se sirvió agua para tomarse una pastilla, a pesar de los ofrecimientos de los oficiales que la cuidaban y ayudaban en lo que necesitase. Ella no les respondía y su gato era el único ser vivo con el que interactuaba, como si no existiera nadie más a su alrededor. Pese a ello, cuando sonó el timbre, Diana se puso de pie enseguida y corrió hasta la puerta antes que los oficiales. Al abrirla nos reconoció a mí y al detective Chang, pero su atención se concentró exclusivamente en el pequeño que yo cargaba.

—Mi niño hermoso —exclamó extendiendo sus brazos—. ¡Has vuelto!

Daniel abrió sus ojitos de par en par y emitió un sonido de carcajada. En el preciso instante en que lo apartaba de mí para devolvérselo a su madre noté una curiosa palidez en el rostro de la señora Evans. De pronto la vi tambalearse y poner una mano sobre su pecho. Por fortuna, Chang estaba alerta a sus movimientos y reaccionó enseguida para sostenerla justo cuando casi se desplomó en el suelo. Había sufrido un grave desmayo que nos tomó por sorpresa. Chang la cargó para depositarla en el sofá mientras los oficiales llamaban a una ambulancia. Daniel rompió en llanto de repente, como si intuyera que algo malo estaba sucediendo. Yo intentaba calmarlo, a la vez que Chang comprobaba los signos vitales de la madre.

—Su respiración es débil —alertó—. Me temo que tendrán que hospitalizarla.

—La ambulancia no tardará en llegar —avisó el oficial que hizo la llamada—. Ella parecía estar bien todo este tiempo. No dio ninguna queja respecto a su salud.

—Ha tenido que lidiar con demasiadas emociones —recordó Chang—. Y su estado físico es delicado, incluso cuando parece estable. La enfermedad siempre está allí. Es probable que la alegría de ver a su hijo la haya conmocionado.

—Todo estará bien —le susurré a Daniel consiguiendo lentamente que se tranquilizara—. Tu madre está aquí. Ya nadie los separará.

—¿Qué haremos con el niño? —preguntó Chang preocupado—. Si la ambulancia se la lleva al hospital no podemos llevarlo a la comisaría.

—Nos quedaremos aquí cuidándolo —propuse—. O nos vamos al hospital hasta que recupere la consciencia.

—No podemos hacer nada de eso —objetó Chang—. Debemos cumplir con los protocolos. Creo que hay solo una opción: llamar a Servicios Sociales.

—¡Eso es injusto! —me opuse—. Apenas lo recogimos de esa casa y ahora se lo vamos a entregar a otros extraños. Daniel necesita estar con su madre, pase lo que pase.

—Diana está inconsciente —reiteró Chang—. Si no lo hacemos nosotros, complicaremos la situación tanto para ella como para el niño.

El detective me hizo entrar en razón, a pesar de mi reticencia. Cuando los enfermeros entraron para entubar a Diana y llevársela fue evidente para mí que el ansiado reencuentro con su hijo debía postergarse. Entretanto debíamos encargarnos de que Daniel estuviera en un lugar seguro recibiendo la protección que su caso requería. Por lo tanto, yo mismo hice la llamada para que funcionarios de Servicios Sociales vinieran a recogerlo. Odiaba la idea de tener que dejar al niño en manos del mismo tipo de personas que representaban a quienes solo me causaron dolor en el pasado. Pero así funcionaban las reglas, desafortunadamente.

Los oficiales se fueron junto con Diana y los paramédicos que se la llevaron. El detective Chang y yo nos quedamos en el apartamento para cuidar de Daniel hasta que aparecieran los encargados de buscar al niño. Daniel se había quedado dormido en mis brazos. Yo lo mecía suavemente al mismo tiempo que me paseaba por el apartamento contemplando la decoración austera. Me llamó particularmente la atención la presencia de un portarretrato sobre una repisa. No sé cuánto tiempo duró mi distracción porque no me percaté cuando sonó el timbre. Solo volví en mí cuando sentí un toque en el hombro.

—Ya están aquí —anunció Chang—. Esperan por Daniel.

2 5

EL TRABAJO en equipo entre el detective Chang y yo nos permitió una distribución equitativa de las tareas. Mi compañero asumió la responsabilidad de continuar la investigación centrada en el asesinato de Sheila, recopilando todos los datos, testimonios y materiales proporcionados por el departamento forense para crear un informe especial. Teniendo en cuenta las declaraciones de Harold, algunas sospechas preliminares apuntaban a que algún padre o madre afectado por el tráfico de niños que ella lideraba era el responsable del asesinato. También cabía la posibilidad de que se tratara de algún otro aliado o subalterno a sus órdenes. De cualquier manera, su muerte por apuñalamiento era el lamentable resultado natural que usualmente obtenía alguien consagrado a una vida criminal secreta.

Tras hacerse pública y notoria la noticia sobre el asesinato de Sheila, el inspector no pudo zafarse de la exigencia de dar una rueda de prensa. Grandville fue honesto y no ocultó que la abogada estaba asociada a la venta de menores, en la cual había involucrado a su propio sobrino como mercancía. Las personas de Vancouver quedaron conmocionadas por tan horrible noticia. La reputación que tantos años le había costado cimentar a la señorita Roberts quedó disuelta para siempre. Ya nadie la recordaría jamás como la brillante abogada que alguna vez fue, sino como un símbolo de los problemas socioculturales existentes en la ciudad que afectaban e involucraban a las distintas clases sociales.

Entretanto, yo me encargaría de seguir de cerca el proceso de acogida temporal de Daniel Evans por parte de los empleados de Servicios Sociales. En este caso asumí la misión como si se tratara de un asunto personal. Quería evitar a toda costa que el niño experimentara la desafortunada condición de estar en un orfanato. Incluso si se trataba de una circunstancia que no recordaría, yo no me perdonaría saber que Daniel estaba pasando unos días en un lugar miserable mientras su madre yacía en el hospital. Por lo tanto, me cercioré de que una buena familia de acogida lo tuviera consigo hasta obtener una información definitiva sobre el estado de salud de Diana Evans.

Pasaron cinco días, durante los cuales en el hospital no me dieron un reporte fiable sobre el futuro de Diana. Su estado de salud seguía siendo inestable y los especialistas en atender la evolución de su cáncer no querían ofrecerme ninguna información al respecto. A su vez, tampoco estaban autorizadas las visitas, por lo que esperé lo peor. Para suavizar mis más terribles impresiones, en ese tiempo me dediqué a monitorear las acciones de Servicios Sociales. Con ellos tuve mejor suerte que con los doctores y me confiaron la información sobre la familia que estaba cuidando a Daniel. Por lo tanto, no dudé ni por un momento en ir a visitarlos para comprobar con mis propios ojos que el niño estaba seguro. En efecto, así fue, pero al verlo en este nuevo hogar me sentí invadido por una amarga tristeza. Me arrodillé a su lado para jugar un rato con él y hablarle sobre lo mucho que lo extrañaba su madre. Aunque no hubiera tenido contacto con ella, sabía exactamente lo que querría decirle.

—Tendrás una buena vida —le prometí—. Crecerás al lado de tu madre y todo esto no será más que una anécdota en el olvido.

Fue como si las palabras salieran de mi boca, sin detenerme a pensarlas. No entendí por qué hice una afirmación como esa con tanta convicción. Por lo poco que sabía, las probabilidades de que Diana se recuperara eran ínfimas. E incluso, si llegaba a tener una momentánea recuperación, cabía la posibilidad de que solo serviría para poner sus asuntos en orden y despedirse de Daniel. Pese a ello, sentí algo cercano a un presentimiento estando allí compartiendo con el pequeño.

Cuando se cumplió una semana desde que Diana fue hospitalizada recibí una llamada del hospital. Uno de los doctores que la atendía me notificó que la señora Evans ya estaba capacitada para recibir visitas y que solicitó expresamente mi presencia. Ante mi insistencia por constatar su verdadero estado de salud, el doctor se negó categóricamente a darme más detalles al respecto. Debía descubrirlo con mis propios ojos al momento de visitarla. Tampoco tenía claro por qué ella me quería ver específicamente a mí. Sin embargo, supuse que quería hacerme preguntas sobre Daniel. Este pensamiento me animó a contradecir los protocolos y llamé a la familia que estaba cuidando de Daniel. Fue así como me enteré de que Servicios Sociales lo trasladó a un hogar de acogida donde seguramente estaría en compañía de otros niños con estatus de huérfanos. Esta noticia me puso de mal humor porque eso era precisamente lo último que quería para Daniel. Intenté contactar a los servicios de custodia infantil, exigiéndoles explicaciones, pero estos no estaban autorizados para darme más información.

—Solo su verdadera madre estaba en el derecho de obtenerla —subrayó la empleada que me atendió—. Hicimos lo que creímos más conveniente para el niño después de estudiar su caso. El cuidado de otra familia temporal no le hará bien. Estaremos atentos a la llamada de la señora Evans para revertir la situación.

Colgué la llamada enojado y traté de calmarme mientras conducía hacia el hospital. No quería transmitirle a Diana mis propias preocupaciones respecto a Daniel. En cambio, pretendía animarla con un recuento agradable de cómo estaba su hijo. Para intentar distraerme de los sentimientos que me contrariaban llamé a Simon para notificarle sobre mi visita al hospital, y a su vez enterarme sobre sus progresos en relación con el asesinato de Sheila:

—En realidad podrían haber muchos sospechosos —aseguró Chang—. El progreso es lento y a menudo no me conduce a nada concreto. He hallado indicios de que existen otras redes de ventas de niños en la ciudad. Mi nueva conjetura es que Sheila comenzó a convertirse en un competidor que rivalizaba con los líderes de otras mafias.

—Y entonces decidieron acabar con ella —agregué—. Antes de que su negocio prosperara.

—Creo que pronto entraremos a un callejón sin salida —lamentó Chang—. Será imposible perjudicar a esas mafias. Lo único positivo que hemos sacado de esto es que localizamos a varios de los niños que Sheila vendió. Los servicios de custodia se encargarán de legalizar esos procesos en los casos que verdaderamente justifiquen una adopción. A su vez, les devolveremos a muchos padres los hijos que perdieron.

—Algunos de esos niños acabarán en hogares de acogida

—me quejé—. No sé hasta qué punto les terminaremos haciendo más daño del que ya les han hecho.

—Sé lo que piensas —dijo Chang mostrándose comprensivo—. El sistema nunca será perfecto. Pese a ello, en cualquier espacio siempre habrá gente como tú o yo, consagrados a su trabajo y que creen en el valor de hacer lo correcto. Nada nos impide que sigamos de cerca esos procesos y nos aseguremos de que esos niños estarán bien.

—Así lo haremos —correspondí—. Quería aprovechar en darte las gracias por ser un compañero excepcional. Espero no haberte sacado de quicio. Y te prometo que cuando se resuelva el destino de Daniel y Diana te ayudaré con la otra parte de la investigación.

—Yo también agradezco contar con un compañero como tú —afirmó Chang—. Admiro tu compromiso con las causas que consideras justas. He aprendido mucho de ti. Espero que algún día confíes en mí lo suficiente para entenderte mejor, por qué estos casos son importantes para ti.

—Quizá algún día me anime a contarte mi historia —le dije—. Te llamo luego porque ya estoy llegando al hospital.

Cuando entré al edificio tuve problemas en la recepción para que me permitieran el ingreso. Les mostré mi carné de detective y seguidamente di el nombre del doctor que me llamó horas antes. La recepcionista comprobó que él no se hallaba allí en ese momento, pero me permitió entrar para que fuera al piso donde solían estar sus pacientes en el pabellón de cáncer. Al alcanzar la planta correcta intercepté a una de las enfermeras para preguntarle si sabía en qué habitación se encontraba Diana Evans. Ella revisó en su libreta y me indicó el número para identificarla. No fue difícil hallar el cuarto correcto, aunque mi sorpresa fue grande cuando la descubrí completamente vacía. La cama donde se supone que estaría Diana lucía perfectamente tendida y nada en el lugar indicaba que recién allí hubiese estado algún paciente. Tal ausencia causó un nudo en mi garganta. Sentí miedo y no pude acallar la impresión de que algo malo había sucedido.

Salí de la habitación para recorrer nuevamente los pasillos, con el objetivo de conseguir a otra enfermera que me diera explicaciones. Las primeras dos que me topé en el camino aseguraron que la paciente debería estar en el cuarto donde no había nadie y que si fue trasladada no tenían conocimiento alguno sobre ello.

—¿Si la trasladaron es una mala señal? —cuestioné nervioso—. ¿Es posible que haya ocurrido una emergencia?

—Este es el pasillo donde se tratan las emergencias de pacientes con cáncer —indicó la enfermera—. Tendrá que esperar al doctor que la atiende para que le confirme si ha sido trasladada por otras razones.

—Necesito hablar con esa paciente —insistí—. Ella me mandó a llamar. El doctor autorizó mi visita. Soy detective y tengo que darle noticias sobre su hijo. Diana espera ese reporte. ¿No existe una forma de conseguir esa información antes?

—De acuerdo —aceptó la enfermera—. Buscaré en los informes del doctor para corroborar la información. Tengo las llaves de su despacho.

La enfermera cumplió su palabra y yo la esperé afuera del despacho mientras realizaba la respectiva revisión de documentos que encontró sobre el escritorio del doctor.

—¡Lo conseguí! —avisó la enfermera—. Diana Evans ahora se encuentra en la planta de Cuidados Paliativos. Eso es en el primer piso.

—Muchas gracias —respondí—. ¿Pero qué significa cuando un paciente es llevado allá?

—Significa que no tiene que preocuparse tanto —explicó la enfermera riéndose de mi demostración de nerviosismo—.

Si ha sido trasladada a esa planta es porque ya se siente mejor y no necesita tantos cuidados como antes. Mejor vaya y compruébelo por usted mismo.

Me sentí desconcertado. ¿Acaso significaba que el cáncer pudo curarse en esos días? ¿O solo se trataba de una mejoría temporal? Sea lo que aquello significara me sentí entusiasmado. La recuperación de Diana implicaba que Daniel no permanecería más tiempo en un centro de acogida. Caminé por el pasillo hacia el ascensor sintiéndome optimista respecto al futuro de la madre y su pequeño. De pronto me topé con un enorme ramo de rosas rojas en la ventana de una tienda de flores que operaba dentro del hospital. No vacilé en el pensamiento que tuve al verlas, así que entré con la voluntad de comprar el ramo. En la tarjeta escribí solo seis palabras: «El niño de las rosas rojas». Sabía que Diana apreciaría el detalle cuando lo leyera.

26

En la Unidad de Cuidados Paliativos las enfermeras de esa planta me señalaron de inmediato la habitación donde encontraría a Diana. Al verme con el ramo de flores en la mano me dedicaban sonrisas pícaras mientras me daban las indicaciones que pedía. Me causó gracia adivinar la impresión que estaba dando. Supuse que estarían pensando que era el novio de la paciente. Si tan solo supieran que no era más que un detective sombrío cuyos temas de conversación eran casos de secuestros y asesinatos.

Entonces entré a la habitación en donde reposaba la señorita Evans con los ojos abiertos. Yo sostuve mi peculiar regalo con la mano puesta en la espalda para que no lo notara enseguida. Descubrí una habitación alegre, bien decorada y que transmitía una energía positiva. Me agradó el ambiente del lugar en comparación con el tétrico pabellón de cáncer. Diana volteó a verme, alertada por el sonido de la puerta, y me recibió con una cálida sonrisa. Presentaba un buen aspecto e incluso sus mejillas estaban coloreadas, aunque su mirada seguía siendo triste.

—Te estaba esperando —confesó—. Es agradable poder ver un rostro conocido después de tantos días.

A manera de saludo yo extendí la mano que estaba ocultando para revelarle el ramillete que había comprado para ella. Cuando Diana vio las flores las lágrimas cayeron por sus mejillas. No obstante, extendió sus manos para recibirlas. Se las entregué y ella las acercó a su rostro para olerlas. No tardó en descubrir la tarjeta con mi nota. Al leerla lloró con más fuerza y me dedicó una mirada de profundo agradecimiento. Después de que las hubiera apreciado de cerca las tomé nuevamente para depositarlas en un florero puesto sobre una mesita al lado de la cama. Ella conservó la tarjeta y la puso sobre su pecho.

—No pude resistir comprarlas —le dije—. Me alegra que te hayan gustado.

—Son hermosas —alabó Diana—. ¿Cómo supiste sobre el apodo de Daniel?

—Mi capacidad de observación no solo es útil para resolver casos —bromeé—. Cuando compré las flores recordé haber visto una foto en tu casa que me llamó poderosamente la atención. Apareces embarazada y tenía una inscripción al pie. No me costó imaginar que se refería a Daniel.

—Así es —confirmó Diana—. Pero también se refiere a como mi esposo lo hubiera apodado de haber conocido a su hijo. Patrick y yo nos conocimos en una tienda de flores. Yo estaba admirando unas rosas y me pinché el dedo con una espina. Él me estaba observando de lejos y aprovechó ese momento para hablarme. Luego cuando me propuso matrimonio, una de las promesas que hizo fue que un día no muy lejano tendríamos un hermoso hijo de mejillas sonrosadas que nos recordaría ese primer momento en que nos conocimos gracias al pinchazo de una rosa. Y ese afortunado sería nuestro niño de las rosas rojas.

—Esa es una historia hermosa —afirmé—. Quiero que sepas que en todo este tiempo he mantenido mis ojos puestos sobre Daniel. Aunque comprenderás que hay procesos legales que no puedo contradecir, te aseguro que está bien. Los servicios de custodia infantil te lo devolverán en cuanto salgas del hospital.

—Te agradezco mucho tus atenciones —respondió Diana tomándome de las manos—. Extraño tanto a mi hijo. Eso es lo que me ha dado fuerzas para recuperarme.

—Por tu semblante, veo que has mejorado —admiré—. ¿Qué han dicho los doctores sobre tu estado de salud? Tengo entendido que tu traslado a esta planta es un buen signo.

—No te he contado las buenas noticias —anticipó Diana —. Los doctores creen que hay altas posibilidades de que mi cáncer entre en remisión. He respondido bien a la quimioterapia y no hay amenaza de metástasis.

—¡Eso es una maravillosa noticia! —celebré—. Ya verás cómo las cosas serán mucho mejores para ti y para Daniel.

—Trato de mantenerme realista —manifestó Diana—. En parte no me he querido ilusionar porque luego sería doloroso que la realidad contradiga mis esperanzas. Por lo pronto quiero regresar a mi casa junto con Daniel. Me concentraré en el día a día sin pensar en el futuro y aprovecharé cada momento que comparta a su lado.

Nos mantuvimos charlando sobre sus posibles planes en Vancouver. Diana aseguró que pretendía quedarse en la ciudad y aspiraba conseguir un trabajo en un futuro no muy lejano. Le comenté que existían programas de asistencia social de los cuales ella podría beneficiarse, considerando que era una madre soltera sin ningún apoyo familiar. Hablar de ello inevitablemente nos condujo al tema delicado que también me correspondía exponerle. Le conté sobre todo lo que investigamos en torno a la señorita Roberts y su asociación con la venta de niños en la ciudad. Al hablarle con franqueza sobre los delitos de su hermana me percaté de que Diana bajaba la mirada y fruncía el rostro. El nombre de Sheila le producía tristeza y amargura a partes iguales.

—No tenemos que hablar sobre ella si no quieres —me excusé—. Solo quería ponerte al tanto de la situación. Es probable que cuando salgas de aquí escuches muchas cosas desagradables sobre Sheila, y debes estar preparada.

En lugar de responderme, Diana me abrazó desahogando su llanto. Yo correspondí su gesto poniendo mi mano sobre su cabeza y acariciándola. Me quedé allí, consolándola en silencio hasta que estuviera preparada para reanudar la conversación.

—Me siento culpable —lamentó Diana—. Siento que he sido una mala persona y no sé si sea capaz de perdonarme a mí misma.

—¿Por qué dices eso? —pregunté—. No te sientas culpable por los errores de Sheila. Nada de lo que ella hizo es tu responsabilidad. Tú misma fuiste otra más de las víctimas de su negocio.

—Tengo algo importante que contarte —confesó—. Ella me llamó cuando ustedes se fueron de mi apartamento. Me dijo que se estaba desangrando y que necesitaba ayuda. En lugar de llamar a una ambulancia o avisarle a ustedes, simplemente colgué la llamada. Para ese momento ya tenía suficientes pistas para suponer que fue ella quien se deshizo de Daniel. Nunca antes había sentido tanto odio. Incluso me alegré de saber que estaba agonizando. Ella había vendido a Daniel y ni siquiera pudo esperar a que yo muriera. No podía dejarla seguir viviendo. ¡Yo la maté!

—Recientemente los forenses nos comentaron acerca de la llamada —indiqué—. Su teléfono móvil formaba parte de la escena del crimen. Yo pedí que no incluyéramos esa información en los reportes oficiales. Sostuve que cuando atendiste la llamada no escuchaste nada porque ya Sheila habría muerto. Agradezco la confianza que depositas en mí para contarme la verdad.

—Quisiera perdonarla —insistió Diana—. Y perdonarme a mí misma por no haber hecho nada.

—No voy a contradecir lo que sientes —dije—. Pero mi posición sigue siendo la misma: no hay nada por lo cual tengas que sentirte culpable. Concéntrate en el presente y haz que Daniel sea el niño más feliz del mundo, tal como dijiste. ¿Me lo prometes?

—Lo prometo, George —confirmó Diana llamándome por mi nombre por primera vez desde que nos conocimos—. ¿Te puedo pedir otra cosa?

—Lo que quieras —concedí—. Estoy aquí para ayudarte en lo que necesites.

—Quiero bautizar a Daniel —explicó Diana—. Como bien sabrás, no hay nadie en esta ciudad que sepa quién soy. Aunque apenas nos conozcamos, siento que me comprendes y que de alguna forma te importa mi hijo, no solo porque era tu trabajo. Veo en ti algo especial. Me atrevería a decir que te considero como un amigo. ¿Aceptarías ser el padrino de mi hijo?

La petición de Diana no era precisamente lo que esperaba. Me conmovió profundamente su gesto y gracias a ello me di cuenta de que yo también era una persona solitaria. No había nadie en el mundo que me hubiera incluido dentro de su vida de una forma tan honesta. Su ofrecimiento de amistad era un regalo que jamás olvidaría. Si ella me consideraba como un amigo digno de ser el padrino de su hijo, no existía ninguna objeción posible, aunque sintiera que no lo merecía.

—Lo seré —acepté, sintiendo que los ojos se me humede-
cían—. Oficialmente, ahora tienes tu primer amigo en
Vancouver.

EPÍLOGO

AL CUMPLIRSE dos meses desde el asesinato de Sheila, hallar su vehículo extraviado nos condujo a atrapar a un ladrón de poca monta, quien luego confesó haber sido el autor del homicidio. Sheila lo había contratado para robar niños en condiciones de indigencia, ya sea que fueran mendigos huérfanos o vivieran en la calle junto con sus padres. Tal sujeto se dio cuenta de que la abogada ganaba mucho dinero con esas ventas y era poco lo que le ofrecía como pago. En varias ocasiones le había exigido una compensación extra por ser quien arriesgaba su pellejo al efectuar esos secuestros.

Finalmente, el reclamo definitivo se dio cuando su «empleado» fue a visitarla a su casa, insistiendo en la petición que ya le había hecho. Ambos discutieron y él amenazó con denunciarla. Entonces Sheila sacó un cuchillo y se abalanzó en su contra. El hombre se defendió de inmediato y le arrebató el arma. Después de la primera puñalada vinieron las siguientes, motivadas por el miedo a que si sobrevivía entonces podría identificar a su agresor. Ese fue el miserable final de una persona sin escrúpulos en manos de un monstruo que ella misma había promovido.

Simon y yo recibimos condecoraciones al final de ese año por el trabajo que realizamos. Para esa ceremonia Grandville escribió un apasionado discurso de agradecimiento en el cual afirmaba que el futuro de Vancouver sería mucho más seguro y con una calidad de vida digna para sus ciudadanos si contábamos con más agentes como nosotros. El inspector no se caracterizaba por ser el tipo de persona que fuera pródigo en alabanzas hacia sus subordinados. Por lo tanto, su reconocimiento fue una recompensa aún mayor.

No obstante, el verdadero premio fue mi amistad con Diana y el haberme convertido en el padrino de Daniel. Durante unos años temimos que el cáncer de ella volviera a manifestarse. Al respecto me hizo prometer que yo cuidaría a mi ahijado si ocurría lo peor. Diana se sentía más segura sabiendo que si algo le pasaba ya su hijo no estaría completamente solo en el mundo, porque alguien estaría allí apto legalmente para asumir la responsabilidad de cuidarlo. Por fortuna, no tuvimos que comprobarlo porque su curación fue una realidad que se consolidó en el tiempo. Diana ha visto crecer a su hijo y yo la he acompañado en el proceso.

Cuando comparto con ellos me sorprendo recordando las extrañas circunstancias que hicieron posible esa amistad. Cada nuevo día agradezco haber tenido la oportunidad de formar parte de sus vidas. Y aunque todavía pienso en mi doloroso pasado, he aprendido a reconciliarme con mi memoria. No por ello he dejado de seguir trabajando incansablemente en la búsqueda de justicia dondequiera que se presente un caso que afecte a un niño inocente. La diferencia está en que ya no cumplo con la labor como si me estuviera vengando de aquellos que alguna vez me hicieron daño. En cambio ahora me consagro a esos casos porque cada uno de esos niños merece tener una nueva oportunidad de ser feliz y estar rodeado de personas que lo amen.

Cualquier otro asegurará que he realizado otras investigaciones más importantes que consolidaron mi labor como detective. A pesar de eso, cada vez que me preguntan cuál ha sido el caso más importante de mi carrera, siempre responderé que el del «niño de las rosas», no porque fuera un caso que me ayudara a convertirme en mejor detective, sino porque me dio la oportunidad de descubrir lo que significaba formar parte de una familia. Y por esa misma razón sentí que era una historia que merecía ser contada.

NOTAS DEL AUTOR

La mejor recompensa para mí como escritor es que tú, estimado lector, hayas disfrutado de la lectura de esta novela. La mejor ayuda que como lector me puedes ofrecer es brindarme tu opinión honesta acerca de ella.

Para mí es sumamente importante tu opinión ya que esto me ayudará a compartir con más lectores lo que percibiste al leer mi obra. Si estás de acuerdo conmigo, te agradeceré que publiques una opinión honesta en la tienda de Amazon donde adquiriste esta novela. Yo me comprometo a leerla:

Amazon.com
Amazon.es
Amazon.com.mx

Si deseas leer otra de mis obras de manera gratuita, puedes suscribirte a mi lista de correo y recibirás una copia digital de mi relato *Los desaparecidos*. Así mismo te mantendré al tanto de mis novedades y futuras publicaciones. Suscríbete en este enlace:
https://raulgarbantes.com/losdesaparecidos

Puedes encontrar todas mis novelas en estos enlaces:
Amazon internacional
www.amazon.com/shop/raulgarbantes

Amazon España
www.amazon.es/shop/raulgarbantes

Finalmente, si deseas contactarte conmigo puedes escribirme
directamente a raul@raulgarbantes.com.

Mis mejores deseos,
Raúl Garbantes

amazon.com/author/raulgarbantes

goodreads.com/raulgarbantes

instagram.com/raulgarbantes

facebook.com/autorraulgarbantes

ÍNDICE

Made in the USA
Middletown, DE
23 February 2021